Dicionário de línguas imaginárias

Olavo Amaral

Dicionário de línguas imaginárias

Copyright © 2017 by Olavo Amaral

Grafia atualizada segundo o Acordo Ortográfico da Língua Portuguesa de 1990, que entrou em vigor no Brasil em 2009.

Capa
Rodrigo Maroja

Preparação
Fernanda Villa Nova de Mello

Revisão
Renata Lopes Del Nero
Arlete Sousa

Os personagens e as situações desta obra são reais apenas no universo da ficção; não se referem a pessoas e fatos concretos, e não emitem opinião sobre eles.

Dados Internacionais de Catalogação na Publicação (CIP)
(Câmara Brasileira do Livro, SP, Brasil)

Amaral, Olavo
    Dicionário de línguas imaginárias / Olavo Amaral.
– 1ª ed. – São Paulo : Alfaguara, 2017.

ISBN 978-85-5652-039-5

1. Literatura brasileira. I. Título.

17-02208   CDD-499.992

Índice para catálogo sistemático:
1. Literatura brasileira   869

[2017]
Todos os direitos desta edição reservados à
EDITORA SCHWARCZ S.A.
Praça Floriano, 19 – Sala 3001
20031-050 – Rio de Janeiro – RJ
Telefone: (21) 3993-7510
www.companhiadasletras.com.br
www.blogdacompanhia.com.br
facebook.com/alfaguara.br
twitter.com/alfaguara_br

Para os tantos que têm me ensinado línguas novas pelo caminho

Das línguas que aprendi na vida, não há uma que eu não tenha precisado esquecer. Por isso luto desde a infância para apagar os rastros dos idiomas que me foram ensinados. Os que aprendi na escola foram os primeiros a desaparecer: em bares e vielas, percebi que de pouco me serviam, e logo me vi incapaz de falar com os transeuntes em palavras que não pertencessem ao seu dialeto. Da língua dos camponeses também me cansei rápido, suas consoantes duras me doíam como golpes de enxada, e resolvi que o melhor para a dicção seria abandoná-la. A das ruas me custou mais, e só fui capaz de me livrar dela depois de deixar minha cidade, a fim de poder recomeçar alhures. Então me estabeleci no estrangeiro e adotei o idioma de minha companheira, apenas para perdê-lo aos poucos conforme o diálogo se tornava supérfluo. O silêncio mútuo terminou por engoli-lo: em nossos meses finais, limitávamos a apontar os objetos que nos faziam falta, e isso nos bastava. E quando deixou de bastar larguei a casa abandonada à mudez e abracei a deriva, em que para me adaptar mais rápido aos idiomas locais fui forçado a praticar o esquecimento contínuo do que até ali sucedera. As línguas que ia aprendendo pelo caminho acabavam por fugir-me já no próximo deslocamento, ou por perder-se sob terremotos e furacões que soterravam as palavras junto com seus donos. E assim foi que por fim voltei num silêncio exausto à casa de meus pais em busca de acolhida, orgulhoso do vocabulário acumulado pelo caminho. Quando minha mãe abriu a porta para me receber, porém, percebi de imediato que suas palavras já não faziam sentido. E então constatei abismado que havia esquecido também meu idioma natal. Que já não me restava qualquer língua a não ser a minha própria, um dialeto monstruoso pertencente a lugar nenhum. E que ninguém mais no mundo era capaz de falá-lo além de mim.

Sumário

Uok phlau	11
Travessia	18
Mixtape	26
Quarto à beira d'água	43
Icebergs	52
Choeung Ek	64
O ano em que nos tornamos ciborgues	69
Esquecendo Valdès	84
Última balsa	98
Estepe	112

Uok phlau

Dentre os grupos étnicos tidos como extintos no sudoeste da Amazônia, uma das regiões de maior riqueza linguística da América do Sul, poucos possuíram hábitos tão peculiares como os Yualapeng. Originários de um fértil vale na província de Santa Cruz, sua civilização existiu desde seus primórdios em meio a uma área ocupada por caçadores-coletores de origem guarani, que mais tarde viriam a se difundir pelo território amazônico. Em contraste com o nomadismo de outros povos da região, acredita-se que os Yualapeng jamais deixaram seu vale de origem, onde escavações revelaram sinais de sua existência desde cerca de 500 d.C. até o momento de seu contato com mineradores espanhóis, no ano de 1854.

O rápido desaparecimento da tribo poucas décadas após sua descoberta, ao que tudo indica relacionado à varíola ou à gripe, faz com que a cultura dos Yualapeng permaneça em grande parte uma incógnita. É provável que nunca saibamos como eles lograram sobreviver tanto tempo em um mesmo lugar: se possuíam técnicas agrícolas mais avançadas do que as tribos vizinhas, ou se teriam formado um entreposto comercial para o intercâmbio de mercadorias. Em relação aos costumes e ritos tribais, os relatos são igualmente fragmentários, e os poucos objetos de arte remanescentes encontram-se espalhados em péssimo estado de conservação por museus provincianos da Bolívia.

Por um inusitado golpe de sorte, porém, o vale dos Yualapeng foi o destino de um dos únicos linguistas do século XIX a se aventurar na América do Sul, o francês de origem catalã Gérard Valdès. Durante o tempo que a tribo sobreviveu após o contato, Valdès esteve entre eles durante cinco anos, período em que aprendeu o suficiente de sua língua para escrever uma gramática e um dicionário básico. Após a diáspora da tribo, foi também ele um dos responsáveis por estimular os descendentes dos Yualapeng a aprenderem o idioma de seus ancestrais e o passarem adiante. Estima-se que hoje cerca de trinta e sete pessoas na Bolívia e dez no Brasil falem o Yualapeng. E é somente a dedicação desses indígenas em preservar o idioma que faz com que ele ainda sobreviva, mais de cem anos após o fim da civilização que o originou.

Entre as peculiaridades da língua Yualapeng, Valdès menciona uma como particularmente notável em seus escritos:

"*Dos conceitos básicos de geometria que se podem depreender do estudo do Yualapeng, chama a atenção a ausência de referências de trajetória, como 'ir', 'vir' e 'voltar'. Ainda que os termos utilizados para descrever conceitos espaciais estáticos (pontos cardeais, frente e trás, esquerda e direita) lembrem os de outros idiomas da mesma raiz, quando um Yualapeng entra em movimento ele jamais dirá que está indo para algum lugar além do próprio lar. Se perguntado para onde vai, mesmo que tenha recém-saído pela manhã rumo ao trabalho na roça, sua resposta será sempre 'para casa' (tar awak), ou, mais precisamente, 'para casa, passando pelo trabalho' (sik peng tar awak).*

"*Da mesma forma, o verbo* uok (*o único que expressa movimento para os Yualapeng), ao referir-se a um deslocamento em direção ao vale, à aldeia ou à própria casa, não merece complemento algum, como se* uok *por definição pudesse ser traduzido como 'voltar', ou mover-se em direção ao local de origem. Ao passo que o deslocamento para qualquer outro lugar utilizará o já discutido formato* uok sik peng, *algo como 'voltando pelo trabalho', ou mesmo* uok sik peng tar awak (*'voltando pelo trabalho para casa'), mesmo que o indivíduo tenha acabado de botar os pés fora de casa. Por isso gosto de definir* uok *como um vocábulo múltiplo e intraduzível em francês, representando ao mesmo tempo os verbos* aller *e* revenir, *já que para os Yualapeng não parece haver distinção entre os dois conceitos.*"

A ausência de definição sobre a direção do movimento no idioma dos Yualapeng perturbou o linguista durante todo o tempo que permaneceu entre eles, e motivou uma das primeiras tentativas de que se tem notícia de introduzir conceitos europeus em uma língua indígena. Conta-se que por vários meses Valdès esforçou-se, sem sucesso, em disseminar uma nova palavra, *uey*, para definir um movimento de partida na língua Yualapeng, em oposição ao já mencionado *uok*. Tais tentativas, mesmo que realizadas com afinco junto aos membros mais esclarecidos da tribo, como pajés, curandeiros e intérpretes, acabaram sempre caindo por terra.

Para introduzir o conceito de *uey* aos nativos, Valdès costumava basear-se em situações que lhe pareciam exemplos claros de partidas ou afastamentos. Um de seus favoritos era "*Siwathak lay uey singha lukluk ik nay uok*" ("o vovô Siwathak partiu para a floresta e nunca mais voltou"), referindo-se à lenda de um dos míticos fundadores da tribo que, enlouquecido por consequência de um feitiço, teria abandonado o vale e saído sem rumo pela floresta até desaparecer. Mas os Yualapeng seguiam sem entender o conceito, e a descrever sua trajetória como "*Siwathak lay uok sik singha lukluk*" ("o vovô Siwathak voltou pela floresta"). E quando Valdès argumentava que ele jamais voltara, os nativos prontamente respondiam "mas claro, isso foi porque uma onça deve tê-lo comido pelo caminho", como se o fato de a trajetória ter sido interrompida não consistisse em absoluto prova de que ele não estivesse voltando.

Valdès então tentou o exemplo "*Iriath kahn uk uakti ik uey Suyé kahne y malma tré tré Malmak*", ou seja, "o príncipe Iriath traiu a tribo e foi atrás da princesa Suyé da tribo inimiga Malmak", ao que os nativos novamente corrigiram-no dizendo "*Iriath kahn uk uakti ik uok sik Suyé kahne y malma tré tré Malmak*", ou seja, "o príncipe Iriath traiu a tribo e voltou com a princesa Suyé pela tribo inimiga Malmak". E aos argumentos do linguista de que o príncipe acabara desertando para a tribo adversária, a ponto de haver temores de que ele pudesse liderar em breve um ataque dos Malmak ao vale dos Yualapeng, eles simplesmente responderam "claro, nós não dissemos que ele estava voltando?".

Após inúmeras tentativas frustradas, perplexo com o que parecia representar uma incrível forma de cegueira cognitiva, Valdès foi à cúpula dos anciãos da tribo expor sua visão do problema. Introduzir um conceito de "ir", em sua opinião, seria fundamental para o desenvolvimento dos Yualapeng, particularmente para futuras empreitadas de colonização dos vales vizinhos. Os anciãos, já cientes das tentativas informais de Valdès de introduzir mudanças no idioma, ouviram a exposição do linguista sem esboçar reação. Ao final, o mais velho entre eles respondeu com um único gesto da mão direita, convocando os guardas a amarrarem o francês e o prenderem em uma cabana afastada do povoado.

Após uma noite de angústia, em que temeu que suas intenções civilizatórias viessem a lhe custar a vida, Valdès foi acordado no início da manhã por uma comitiva, liderada pelos anciãos e acompanhada por inúmeros curiosos. Depois de ser tirado da cabana onde se encontrava preso, foi levado até o descampado em frente à aldeia, de onde saía o caminho que levava para fora do vale. Ao lá chegar, foi solto e ouviu o ancião-chefe pronunciar uma única palavra:

"*Uey.*"

Ao que ele prontamente entendeu que o indígena estava abrindo uma exceção à sua teimosia linguística e adotando pela primeira e última vez a palavra introduzida por Valdès, com o intuito único de expulsá-lo da tribo. A ironia sempre fora uma característica marcante dos Yualapeng, e não parecia uma surpresa que eles o dispensassem daquela forma. Desolado com a rejeição do povo ao qual tanto tinha se dedicado, e temeroso do destino que lhe esperava ao partir sozinho, o francês apanhou a mochila e começou sua caminhada sem olhar para trás. Em pouco mais de dez minutos, porém, ainda sem ter se afastado do vale, surpreendeu-se ao se ver cercado por um grupo de guerreiros da tribo, que tornaram a prendê-lo e amarrá-lo. Sem entender nada, Valdès foi levado de volta ao descampado de onde havia partido, para logo após ser novamente solto perante os anciãos.

Sem saber o que se esperava dele, o linguista olhou confuso para a pequena multidão ao seu redor. Atrás de si, percebeu a trilha de pegadas vermelhas que ia na direção em que tinha rumado, e constatou que as solas de seus sapatos haviam sido manchadas com tinta de urucum antes de sua partida. Enquanto tentava compreender o que se passava, viu os homens da tribo trazerem um pesado instrumento de madeira, que ele reconheceu como uma espécie de conjunto primitivo de régua e compasso. O instrumento foi entregue a Valdès pelos nativos, que passaram a aguardar que ele tomasse uma atitude. Como o linguista permanecia perdido, um dos anciãos tomou a frente, apanhou o compasso e partiu na direção das pegadas.

Cautelosamente, o ancião foi percorrendo a trilha deixada por Valdès, enquanto este o seguia de perto, escoltado pelos guardas. Com a ajuda dos homens mais jovens, o velho foi traçando no chão o caminho que o linguista tomara e calculando o ângulo das curvas que ele havia feito, que eram muitas — afinal, a área era cheia de mata densa e era difícil caminhar em linha reta. A destreza do velho em manejar o instrumento era notável, e em pouco tempo ele chegou ao final do percurso de Valdès, informando, após alguns cálculos mentais, o ângulo total de curvatura de sua trajetória. Satisfeito, o ancião entregou o compasso ao francês e lhe propôs uma tarefa: ele haveria de seguir andando naquela direção, mas respeitando sempre a curvatura em que havia inicialmente caminhado.

Ao ouvir os protestos do linguista, que alegou que deixar a trilha para caminhar em uma direção arbitrária pela floresta seria suicídio, o ancião prontamente designou um dos jovens guerreiros para acompanhá-lo. Mas Valdès permaneceu desconfiado, sem entender do que se tratava aquilo, e só foi convencido a seguir as ordens do ancião quando as lanças dos guardas se puseram em riste. Sem opção, ele por fim apanhou o compasso e partiu com o instrumento em mãos, traçando sua trajetória nas engrenagens de madeira com a ajuda de seu companheiro indígena.

A enigmática tarefa foi a princípio tomada por Valdès como uma provação incompreensível, proposta pelos anciãos com o intuito de aumentar a dificuldade de sua jornada. Algum tempo depois do início da caminhada, no entanto, ele começou a intuir o que se passava. E quando duas horas depois, sem nada fazer além de manter o ângulo em que saíra caminhando, o linguista se viu subindo uma das trilhas de montanha que levavam ao vale, ele soube que estava certo. Ao chegar a um ponto alto do caminho, Valdès viu a tribo reunida em peso no descampado que havia sido seu ponto de partida. Logo os nativos também o avistaram e, às gargalhadas, aplaudiram efusivamente seu largo movimento de meia-volta.

Carregando o compasso de madeira com o corpo encurvado, o linguista finalmente chegou à praça central da aldeia, onde o ancião-chefe recebeu-o com uma única palavra:

"*Uok.*"

E nada mais disse.

Contaria Valdès mais tarde em suas anotações:

"*Tomando-se por princípio que as trajetórias dos seres no espaço nunca são retas perfeitas, depreende-se que, ao tomar-se a curvatura de qualquer trajetória e prolongá-la por uma extensão suficiente, a linha necessariamente acabará por curvar-se o bastante para andar na direção contrária. É sobre esse princípio que os Yualapeng baseiam sua utilização universal do termo* uok: *existem as chamadas voltas de curva fechada* (uok kah), *que correspondem ao que seria expresso em francês por* revenir *ou* retourner, *e que em minutos ou horas chegam ao seu ponto de partida; as voltas de curva um pouco mais aberta* (uok lay), *que levam dias, meses ou mesmo anos até virarem na direção contrária; e as voltas de curva muito aberta* (uok phlau), *que podem levar séculos até iniciarem seu movimento de retorno. O que para alguns pode parecer sem sentido, já que nenhum de nós viveria os séculos necessários para completar uma* uok phlau. *Mas se a questão for colocada aos Yualapeng, sua resposta será apenas* 'Ikh pah uok sehn', *ou* 'a volta não tem culpa', *o que é um argumento incontestável. Pois se a duração da vida não permite que uma volta se complete, não é por isso que ela deixará de ser uma volta.*"

A civilização Yualapeng se desmantelaria poucos anos mais tarde, depois de sucessivas ondas de doenças virais levarem os nativos restantes no vale a partirem numa fuga do que acreditavam ser um feitiço dos maus espíritos. E os últimos relatos de Valdès contam que os Yualapeng seguiram descrevendo sua partida do vale como *uok mamat yuleyule pahl*, ou "volta grande para enganar os fantasmas". Utilizando o mesmo verbo que sempre tinham usado para seguir em frente, como se fosse apenas natural pensar que sua fuga não era mais do que uma nova curva, ainda que particularmente aberta, em direção à terra natal.

Após a morte de Valdès, o conhecimento sobre os Yualapeng se restringiria a relatos fragmentários de antropólogos que o sucederam, e pouco se sabe sobre o paradeiro dos remanescentes da tribo. Ainda assim, levantamentos étnicos recentes na face amazônica dos Andes têm mostrado que a influência da cultura dos Yualapeng na região é maior do que se pensava. Além disso, a evasão da tribo fez com que seus descendentes mestiços se espalhassem pela América do

Sul, o que começa a ser comprovado pelo estudo de marcadores genéticos. De modo que, se a civilização Yualapeng é hoje apenas uma memória longínqua, sua herança e seu espírito seguem intactos. E é possível que seus ritos ainda vivam dentro de tantos de nós, que seguem voltando por todos os cantos do mundo para seus verdejantes vales de origem, como tantas vezes fizeram seus ancestrais.

Travessia

Não faz cinco minutos que as portas do compartimento se fecharam, e o albino já começou a falar. Algo em seu rosto me disse que ele o faria, enquanto eu tentava rabiscar suas feições tortas no papel com o lápis que me resta. Somos cinco esperando para cruzar a fronteira, mas a voz dele é a única que se ouve. Uma língua arrastada, em que uns esses e erres baixos e rastejantes volta e meia culminam numa vogal aguda, que sai como um sobressalto de sua boca disforme. Os outros olham com indiferença, incrédulos de que ele não tenha se dado conta de que nenhum de nós fala sua língua do demônio. E nem tem interesse no que ele tenha a dizer.

Se tudo der certo, em menos de duas horas estaremos do outro lado. Ou ao menos foi o que disseram os que nos colocaram aqui. A garantia não existe, mas ter companhia serve para me lembrar de que minha esperança não é um delírio. Enquanto aguardamos, permanecemos quietos em nossos cantos, exceto pelo albino, que parece incapaz de se manter em silêncio. Não há janelas no compartimento — o que é bom, pois se alguém nos enxergasse durante a travessia isso colocaria tudo a perder. A orientação foi ficar aqui dentro até que abram a porta, não importa o que aconteça, e eu ao menos pretendo segui-la. Para distrair-me, mantenho a atenção no caderno, em que preencho a página ao redor do albino com um enxame de pássaros negros.

As paredes metálicas balançam, o chão treme, e nós sabemos o que isso significa: estamos em movimento novamente. Depois de horas aqui dentro, já é de se pensar que nos aproximamos da fronteira. Um mareio desconfortável se apodera de mim, fazendo-me guardar o caderno no bolso. Mas a ausência de janelas não permite sequer uma lufada de ar que venha nos livrar do abafamento das caixas de frutas. À minha frente, o negro permanece calado, sem olhar para ninguém. Veste apenas uma calça em frangalhos, mas o físico avantajado e a barba farta lhe emprestam um inesperado ar de respeitabilidade. Seu rosto, no entanto, não consegue esconder o enjoo. O albino começa a falar de novo, nervoso, como se tentasse fazer passar o tempo. Não encontrando resposta em nossos olhares, ele se aproxima de um dos irmãos. Ou pelo menos os dois árabes parecem ser irmãos, quase idênticos na aparência e vestidos com as mesmas túnicas marrons imundas. Eu sinto um alívio que o albino fale, que quebre o silêncio denso que se soma ao cheiro de frutas podres e óleo combustível. Os árabes, porém, não parecem partilhar da minha opinião. Mais algumas palavras incompreensíveis do albino e o mais velho deles o fustiga com um olhar de raiva, que qualquer um entenderia como uma reprimenda.

Sem opção, o albino recua, frustrado. De volta ao seu canto, o mais apertado entre as caixas, ele parece tenso. Olha para cada um de nós, tentando estabelecer contato, mas todos baixamos o rosto. Ele então se aproxima de mim e começa de novo a recitar algo em sua língua. Faço um esforço para ser compreensivo, mas o árabe do outro lado do compartimento se põe cada vez mais furioso. Eu tento mostrar isso ao albino com gestos discretos, mas ele continua murmurando num ritmo automático, sem perceber que o outro se levanta às suas costas. E não tenho opção senão assistir em detalhes quando ele é interrompido com uma patada de mão suja no rosto, que faz seus dentes atingirem a língua e o sangue espirrar da boca.

Com o albino no chão, o árabe dispara três ou quatro palavras severas, numa rajada áspera de consoantes que mal dão espaço para as vogais. Após isso, aparentemente satisfeito, ele volta para o seu canto. O que vem depois, porém, é o que surpreende. O irmão mais novo também se levanta, mas em vez de falar na mesma língua, ele se debruça sobre o corpo do albino e apenas move os braços. Com gestos selvagens, tenta expressar sua raiva em uma ausência de som profunda, interrompida por grunhidos disformes com os quais ele mesmo se assustaria, se pudesse ouvi-los. O negro tapa os ouvidos, num esforço para se proteger do som, mas não parece adiantar. Logo o vejo se inclinar para a frente, balançar o pescoço uma vez, duas. Até que o jato de vômito se projeta sobre o chão sujo de óleo e atinge os pés do surdo-mudo, que segue gesticulando como se sua vida dependesse daquilo.

O vômito escorre na direção do albino, que começa a se recuperar do golpe e tenta se esquivar dos pedaços de comida que flutuam no chão. Ao perceber o que houve, o surdo-mudo olha para o negro, pensa em acusá-lo. Mas reparando no tamanho do tórax descoberto à sua frente, pensa melhor e volta para o seu canto, batendo nas costas do irmão com um ar cúmplice. Com os dois fora do caminho, o vômito escorre para o meu lado e o cheiro se soma ao das frutas podres, me trazendo uma náusea da qual já não consigo fugir. Meu olhar procura o alívio das janelas, mas é óbvio que elas não existem. E as letras vermelhas escritas em um alfabeto estranho nas paredes só pioram a sensação de tontura. Começo a temer que seja fome — não saberia dizer quanto tempo levo sem comer. E tentando me distrair para não desmaiar, passo a revirar as caixas com as frutas, sem muita esperança de encontrar algo comestível.

Quando começo a mexer nas caixas, o mais velho dos árabes protesta com um grito ríspido. O albino responde com uma sequência de sibilos baixos, criando consternação no surdo-mudo, que bate com vigor em seu banco improvisado com caixotes de madeira. O negro leva a mão aos ouvidos. Esperando que eles sigam distraindo uns aos outros, eu ignoro o protesto do árabe e volto a procurar entre as pilhas de caixas, que parecem conter apenas frutas desconhecidas, com cascas estranhas e cheias de espinhos que eu não teria coragem de comer. Mas então farejo algo distinto, e apoiando os pés em uma das caixas estico o braço até o teto do compartimento para alcançar a caixa do topo da pilha, cujo rótulo parece diferente dos demais. Quando a abro, meia dúzia de laranjas surge à minha frente.

O cheiro das laranjas é o primeiro alívio que sinto em horas de viagem. Meu entusiasmo, porém, logo dá lugar à dúvida. Não tenho como apanhar as frutas e comê-las em segredo. Ao mesmo tempo, o olhar curioso dos outros me força a fechar a caixa e trazê-la até o chão. Quando levanto a cabeça, os quatro me encaram como se eu estivesse fazendo algo inexplicável. Mas então abro a tampa, mostrando as frutas, e antes que qualquer um deles possa fazer um movimento que precipite a discórdia ofereço uma laranja a cada um.

Para minha decepção, pois julgava que a falta de apetite de algum deles pudesse me servir para encher mais o estômago, todos aceitam a oferta. O albino apanha a sua, receoso como se desconfiasse de algum truque, e se retrai novamente em seu canto. Os árabes as recebem com naturalidade, e chego quase a perceber uma saudação de agradecimento em seus semblantes fechados. Mesmo o negro aceita, apesar do enjoo. E entre os restos de vômito que escorrem sobre a barba, é quem devora a fruta com mais avidez, rasgando a casca com os dentes e cuspindo com força as sementes no chão.

Por um momento que tento prolongar o quanto posso, nos ocupamos em silêncio com as frutas. Do lado de fora, vozes em uma língua estranha soam de quando em quando, mas não a ponto de formar um diálogo. O dia deve avançar: o compartimento esquenta, e o cheiro do suor que exalamos se soma à pestilência das frutas e do vômito. Eu me agarro à laranja como a um talismã protetor, mastigando-a como uma válvula de escape para a tensão.

Quando o negro termina de comer o último gomo da sua, porém, sinto que a harmonia se encerra. Os olhares convergem sobre a laranja que resta, esperando que ele se precipite sobre ela. Mas ele apenas nos olha, como para deixar claro que não pretende fazê-lo. O albino então começa a falar na sua língua rastejante e aponta para si próprio. Mas antes que eu consiga perceber que ele pergunta se pode ficar com a fruta, um rosnado gutural em árabe deixa claro que alguém não concorda com isso.

Preocupado com a fúria do irmão, o surdo-mudo tenta intervir. Aproximando-se da laranja, e aproveitando que tudo que tem a oferecer são gestos, ele faz com a mão espalmada o movimento de cortar a fruta em cinco partes. Eu me apresso em fazer um sinal afirmativo com a cabeça, no que sou prontamente seguido pelo albino. O negro e o irmão permanecem em silêncio, mas prefiro supor que eles aprovam a proposta. O surdo-mudo pensa um pouco, e logo faz o gesto de cortar novamente, desta vez desenhando o contorno de uma faca no ar e apontando para nós. Eu levo a mão aos bolsos para aparentar que procuro uma, mas é óbvio que nenhum de nós pode ajudar: fomos revistados ao entrar, e nos foi deixado claro que portar armas não seria aceitável.

O surdo-mudo olha para o irmão mais velho, que responde com um gesto de quem apanha algo e morde. Logo depois, faz um círculo com o dedo em sentido horário, apontando para cada um de nós em sequência. O negro ergue os ombros, sinalizando que está tudo bem. Em seu canto, o albino parece incomodado, mas não arranja forças para protestar. Eu não tenho alternativa senão concordar, na esperança de que a mordida que me toque seja suficiente para aliviar a fome que persiste.

Os árabes tomam a iniciativa de apanhar a laranja e atacam seus pedaços, atravessando a casca a dentadas com uma voracidade nauseante. Vê-los mastigar com seus dentes escurecidos por pouco não me faz perder o apetite. Mas recusar minha parte seria uma desfeita, e quando eles me entregam a laranja, já quase pela metade, mordo-a com cuidado para não ultrapassar minha porção. Após isso, o negro apanha o que restou da fruta e a prova quase com cortesia, comendo menos do que o pedaço que lhe cabe. Quando a afasta da boca, porém, um fio de vômito preso na barba se estica e viaja grudado na laranja, enquanto ele estende a mão para oferecê-la ao albino.

A mão permanece estendida e rígida enquanto o albino hesita. O mal-estar que se cria é óbvio, porém, e ele é forçado a sair do seu canto e esticar o braço para alcançar a fruta. Temeroso, aproxima-a da boca com os olhos fixos nas gotas de vômito, sem conseguir esconder sua repugnância. A irritação dos árabes cresce, e o irmão mais velho emite um grunhido bizarro que quase poderia ter vindo do surdo-mudo. O negro permanece imóvel, mas seu silêncio é ainda mais tenso do que a inquietação dos outros.

Por fim o albino leva a laranja à boca, e eu não consigo reprimir um suspiro de alívio. Mas sua expressão de nojo ao mastigar é irreprimível, e depois de uma ou duas mordidas tímidas seu rosto torto se desfaz em espasmos e cospe os pedaços no chão. Eu olho para o negro, esperando pelo pior, mas ele segue parado, como se aquilo só lhe causasse tédio. Quando penso que o perigo passou, porém, o árabe atravessa o compartimento e atinge o albino com um chute no estômago, fazendo o resto da laranja voar de suas mãos. O surdo-mudo tenta apanhá-la antes que caia, mas não consegue evitar que ela acabe numa poça de óleo. Irritado, ele também desconta sua raiva no albino, que se encolhe contra a parede tentando se proteger dos chutes, fazendo com que o compartimento balance com um ruído estrondoso.

Eu toco no ombro do negro e aponto a cena com a cabeça, tentando indicar que deveríamos fazer algo, mas ele nem se move. Penso em me levantar sozinho para apartar a briga, mas quando começo a fazê-lo o enjoo retorna com força. Então me atiro em um canto, com a cabeça encostada contra um caixote sujo, e assisto impotente enquanto os árabes finalmente se cansam de chutar o albino. O mais velho emite um grito breve de triunfo, que ecoa lancinante nas paredes metálicas, e se afasta da figura que se contorce no chão, parecendo satisfeito. Mas quando a briga parece terminada, o surdo--mudo se aproxima e, num esforço enorme, tenta ele também encher o albino de gritos para expressar sua raiva.

Os guinchos do surdo-mudo, que lembram os soluços de um animal no abatedouro, tomam conta do compartimento. À minha frente, o negro leva uma vez mais as mãos aos ouvidos. O surdo-mudo não percebe, porém, e continua xingando o albino com estertores vocais, até que este por fim reage, sussurrando algo em sua língua bizarra com a força que lhe resta. Isso irrita ainda mais o surdo-mudo, que começa a saltar e, num esforço desesperado de ser enfático, contrai a laringe com um ruído agudo e infernal que surpreende o próprio irmão. O som se prolonga, e o negro aperta as mãos contra os ouvidos com cada vez mais força, como se a tensão do momento se esticasse até o limite. Até que ela finalmente se quebra, e então tudo acontece muito rápido.

Num movimento contínuo, o negro se levanta, agarra o surdo--mudo e, levantando-o do solo com uma facilidade cômica, atira-o contra as caixas, que se partem com um estalido seco. Frutas verdes e espinhosas rolam pelo chão, chocando-se contra o metal das paredes com um barulho ensurdecedor que arranca interjeições guturais do árabe e sibilos apavorados do albino. Espremendo-me num canto, tento escapar da confusão, mas é impossível me esquivar no espaço ínfimo que nos contém. Por um instante, temo que sejamos descobertos, que as portas se abram e que acabemos devolvidos ao ponto de partida. Mas as frutas aos poucos se acomodam nos cantos, e o ruído diminui. Erguendo os olhos, vejo o mais velho dos árabes em pé, encarando o negro, que permanece em silêncio. A diferença de tamanho parece pesar: o árabe dá um passo atrás, vira-se para o irmão e vai ver se ele está bem.

Com o albino ainda cuspindo sangue e o surdo-mudo tentando se reorientar, o silêncio reina outra vez, tornando as vozes lá fora audíveis novamente. Mas o momento não dura muito, pois o albino logo aproveita a nesga de vantagem conquistada para, sem sair do seu canto, xingar os árabes à distância em um chiado tímido e rastejante. Nem dez segundos se passam, porém, antes que o negro se dê conta de que precisa equilibrar a situação. Para deixar claro que não toma partido, ele se levanta e chuta o albino no abdômen, transformando as palavras sibilantes em um ganido de dor que enche o ambiente para logo morrer no silêncio.

Por fim, o negro enxerga o pedaço de laranja que ainda restava no chão, esquecido depois que o surdo-mudo o deixou cair. Com um gesto decidido, vai até ele e esmaga-o com o pé descalço. Imediatamente após, apanha os restos da fruta na poça de óleo, coloca-os na boca e engole a casca enquanto olha para nós. Quando ele senta de volta em seu banco improvisado, todos entendemos o recado, e ninguém se atreve a proferir outra palavra.

Como se respondesse ao silêncio que se faz no ambiente, o ruído do motor arrefece e o movimento cessa. Sentados ou deitados, todos levantamos a cabeça para acompanhar o que se passa. Ninguém se anima a falar, mas nossos olhos brilham com a esperança de que a qualquer momento a porta se abra. Do lado de fora, o barulho da água substitui o motor. As vozes aumentam, e são respondidas por outras mais graves em uma língua nova que não conhecemos. O diálogo é intenso a princípio, como se uma negociação estivesse em processo. Mas logo se ouvem palavras mais enfáticas de um dos lados, que precedem um novo silêncio.

Todos aguardamos, esperando que alguém possa explicar o que se passa. Os olhares se dirigem para o negro, com sua autoridade recém-conquistada, mas ele permanece imóvel como de hábito. O momento se prolonga, com o compartimento ainda parado, mas nada acontece. Até que alguns passos são ouvidos em volta, seguidos de batidas nas paredes, o que nos anima mais uma vez. Os árabes se cumprimentam em silêncio com as mãos, o albino suspira aliviado com sua boca torta. Eu mesmo penso em dizer algo para quebrar o silêncio e comemorar como possa com meus companheiros.

Então o motor começa a roncar, e nos sentimos entrar uma vez mais em movimento. Em segundos, o compartimento retoma seu balanço usual, com o cheiro das frutas esmagadas se espalhando no ar e o óleo espalhado no chão se misturando às manchas de sangue. Em seu canto, o albino torna a sentar e se distrai limpando a sujeira das roupas decrépitas, sem coragem de levantar os olhos. Do outro lado, os árabes voltam a conversar em linguagem de sinais, tomando cuidado para não levantar a voz. O negro permanece tranquilo e impassível, como se nada daquilo o surpreendesse. Resignado, eu apanho lápis e caderno do bolso e volto a registrar o que vejo. E aos solavancos retomamos o caminho e o silêncio, à espera do lugar sonhado onde finalmente falaremos a mesma língua.

Mixtape

Quem fala assim? [...] Será para sempre impossível sabê-lo, pela boa razão de que a escrita é destruição de toda voz, de toda origem. A escrita é esse neutro, esse compósito, esse oblíquo para onde foge o nosso sujeito, o preto e branco onde vem perder-se toda a identidade, a começar precisamente pela do corpo que escreve. [...] Parecido com Bouvard e Pécuchet, esses eternos copistas, ao mesmo tempo sublimes e cômicos, e cujo profundo ridículo designa precisamente a verdade da escrita, o escritor não pode deixar de imitar um gesto sempre anterior, nunca original; seu único poder é o de misturar as escritas, de as contrariar umas às outras, de modo a nunca se apoiar numa delas. Olha aqui pra mim, olha. Abre a boquinha, vai. Deixa eu socar na tua boquinha. Isso, vai. Cospe nele todinho. Deixa eu foder sua boquinha, deixa? Você gosta? Engole ele, vai, sua putinha.

O lençol vermelho está amarrotado sobre a cama vazia, as roupas jogadas em um canto mal iluminado do apartamento. Ao lado delas, apoiado de costas contra a parede, um negro de proporções enormes enfia o pau na garganta de uma menina pálida de cabelos muito escuros, puxando o rosto contra si até que ela começa a engasgar.

Enquanto assiste à cena, deitado em sua própria cama com o computador no colo, ele toma notas distraído. Inter-racialidade. Dominação. *Gagging*. A sequência de clichês o entedia, como quase tudo nesse não lugar. Os olhos da menina, porém, permanecem fixos no membro em sua boca, com uma expressão concentrada e quase tímida dominando seu rosto de adolescente. Atento ao detalhe, ele lamenta não ter categorias para descrever as pequenas coisas que lhe atraem.

Cercado por livros semiabertos e xícaras vazias, ele segue assistindo enquanto o homem pega a menina pelos cabelos e arranca o membro da sua boca. Mas em vez de jogá-la na cama e penetrá-la, ele a deixa abraçar-se em suas pernas, a testa contra o membro duro. E, sem esforço, estímulo ou pose, ejacula sobre seus cabelos como se perdesse o controle, sem se preocupar em atingir o rosto. De olhos fechados, a menina sorri por entre os cabelos emaranhados. O vídeo congela. A caneta que até então escrevia paralisa seu movimento sobre o papel e cai da mão que a segurava. Refletido sobre a imagem da menina, que ainda sorri na tela com um pau lhe roçando a bochecha, ele enxerga seu próprio rosto perplexo, de quem não compreende o que acabou de ver. Incapaz de acreditar que seja uma coincidência, ele volta ao início da cena. Assiste-a inteira de novo, prestando atenção nos gestos, na sequência de eventos, no desfecho. Era exatamente como aquela vez, em um quarto de hotel onde tentavam fazer as pazes. A última noite que tinha passado com Livia.

Ele move o cursor na tela até o perfil que lhe enviou o vídeo. Um dos tantos que passou a seguir na última semana, pedindo sugestões de conteúdo para tentar compreender quem eram aquelas pessoas, por que estavam ali, que espécie de comunidade florescia nos cantos obscuros de um repositório de pornografia on-line. Mas não há fotos nem identificação: apenas as informações de sexo feminino e vinte e três anos de idade. Ainda assim, não parece plausível que aquele vídeo tenha vindo parar em suas mãos por acaso. E as hipóteses que se amontoam em sua cabeça lhe colocam em um estado de excitação que ele julgaria impossível frente a um fluxo de imagens até então banal. Mas que tem pouco ou nada a ver com as categorias que ele até há pouco anotava em um papel.

Ele leva a mão ao zíper da calça e o abre às pressas, enquanto os dois minutos de vídeo se repetem pela terceira vez. Assiste uma vez mais ao abraço inesperado, aos cabelos grudados de esperma, ao sorriso encabulado perdido entre eles. E como um negro forte que tivesse uma menina abraçada em suas pernas, que a essa altura já não tem como não ser Livia, goza em questão de segundos.

No silêncio do quarto, as cortinas balançam com o prenúncio de uma tempestade de verão, enquanto ele permanece deitado com os olhos no teto, alheio aos restos de sêmen que secam no lençol. O computador segue ligado, com as anotações de trabalho ainda na tela, enchendo o quarto de uma lúgubre luz branca. Ele pensa em apanhá-lo, a fim de tentar responder à pergunta óbvia. Mas a ideia de acordar dentro de si uma lembrança a muito custo suprimida lhe faz hesitar, e a paralisia ganha ascendência momentânea sobre o corpo destituído de desejo.

Não tarda, porém, para que o espaço do quarto volte a se preencher com a cena que acabou de assistir, já inevitavelmente misturada com seus próprios fantasmas. O sorriso da adolescente, o pau enorme lhe roçando os cabelos. A visão impossível de si mesmo gozando. O rosto de Livia. E o rio de imagens contraditórias que se sobrepõem em sua imaginação logo o faz apanhar o computador e voltar ao perfil que enviou o filme, ansioso por encontrar um indício que o ajude a entender quem se esconde ali. Ele corre para a lista de vídeos pessoais, mas encontra apenas uma coleção de links fechados. Tenta clicar, mas uma mensagem diz que ele não tem acesso ao conteúdo.

Sem saída, ele assiste ao filme de novo, já esvaziado de desejo, mas não da vontade de descobrir quem está do outro lado. Ele busca uma pista qualquer nas imagens, mas não há nada além do que se vê: a fotografia amadora, o clichê inter-racial, um apartamento mal iluminado e dois atores anônimos. Apenas um índice irrastreável de outro lugar. E uma deixa para a pergunta inevitável que se impõe, à qual ele já não tem como resistir. Ele clica no botão de mensagem, sôfrego, e envia ao perfil anônimo as duas únicas palavras que importam.

É você?

Essas diferenças talvez se relacionem com o seguinte fato: um nome de autor não é simplesmente um elemento em um discurso (que pode ser sujeito ou complemento, que pode ser substituído por um pronome, etc.); ele exerce um papel em relação ao discurso: assegura uma função classificatória; tal nome permite reagrupar um certo número de textos, delimitá-los, deles excluir alguns, opô-los a outros. [...] Enfim, o nome do autor funciona para caracterizar um certo modo de ser do discurso:

*para um discurso, o fato de haver um nome de autor, o fato de que se
possa dizer "isso foi escrito por tal pessoa", ou "tal pessoa é o autor disso",
indica que esse discurso não é uma palavra cotidiana, indiferente, uma
palavra que se afasta, que flutua e passa, uma palavra imediatamente
consumível, mas que se trata de uma palavra que deve ser recebida de
uma certa maneira. [...]*

Vira de costas, vai. Me deixa vir por trás.

Ainda não. Fica aqui. Mais um pouco.

Assim?

Isso. Vem cá. Não para. Assim.

Ela aperta o rosto dele contra os seios. Abrindo a boca para re-
cebê-la, ele sente a febre de segundos antes arrefecer e tomar outra
forma, mais terna e suave. Desliza dentro do corpo de Virginia com
naturalidade e, ao fazê-lo, sente que volta a pisar em terreno seguro.
Apertando o rosto contra os braços já familiares, dos quais a idade
começa a tirar discretamente o turgor, ele sente o cheiro dos cabelos
molhados que caem abundantes sobre o corpo dela. Concentrando-
-se no momento presente, faz esforço para não pensar. E esquecer
que há pouco uma virada de cabeça e um vislumbre de ombro nu o
transportaram a outro lugar, mergulhando-o em um teatro que o fez
repetir gestos, palavras, frases, e encenar por alguns instantes uma
outra versão de si.

Ele se pergunta se ela teria percebido, se a mão que continua
a segurá-lo contra os seios estaria protegendo-o de propósito, para
manter o fantasma à distância. Mas ao levantar a cabeça ele não
consegue ler nada no rosto de Virginia, que o encara de volta com
um olhar cada vez mais vazio. Cada vez mais próxima de ser ninguém, dissolvendo-se no movimento rítmico em que ambos se con-
centram, cheios de uma confiança que aos poucos se impõe sobre a
ternura. Sentindo-se acolhido, ele afasta as imagens do dia anterior,
o extemporâneo mergulho no poço escuro de Livia. Para estar ali, e
não mais do que isso.

Ainda assim, algo lhe chama a atenção. Enquanto pega a mão
dele e a desliza pelas suas costas até as nádegas, ela fecha os olhos
com um sorriso nos lábios. E por um instante ele se pergunta se o
trajeto da mão, com sua rota tão específica, não seria também um

roteiro já encenado, o eterno retorno de um gesto de outra pessoa. Sem parar de se mover, presta atenção nos olhos de Virginia, tentando descobrir sem sucesso quem ela enxerga quando eles se fecham. Se ele continua ali, ou se àquela altura já é para ela apenas um fragmento de alguém mais.

Ela aperta as coxas, começa a tremer de leve, e ele sabe o que está prestes a acontecer. Por um momento, pensa em sair de dentro dela, tomá-la pelos cabelos, trazer o rosto contra as suas coxas num abraço fora do tempo. Mas antes que a sequência de imagens possa se encarnar em gesto tudo se embaralha: o grito de Virginia, a lembrança de Livia, o pau do negro, os abraços idênticos. E antes que possa fazer qualquer coisa ele goza junto com ela. Ambos de olhos fechados, indefesos e alheios ao que possa haver dentro do outro.

Estirado no colchão macio, ainda sem roupa, ele folheia um livro aberto ao pé da cama, naquela estranha posição de leitura que lhe é tão natural. À margem da página, as notas caudalosas em espanhol rabiscadas por Virginia dão um tom pessoal ao conteúdo, como se a letra familiar desse um corpo físico ao amontoado de ideias abstratas.

Ela se aproxima por trás dele, vinda da cozinha. Pelo cheiro, ele sabe que ela passou o café. Ela se ajoelha na cama às suas costas, colocando a xícara no chão ao lado do livro. E enquanto sente Virginia passar os dedos pelos seus ombros, num preguiçoso ensaio de massagem, ele fecha os olhos e faz um esforço mental para enxergá-la atrás de si. Com os braços longos, os cabelos escorrendo pelas costas depois do banho, o roupão vermelho que provavelmente veste.

Como costuma acontecer, permaneceram em silêncio por um longo tempo depois de acabarem. Como se competissem para ver quem era capaz de demorar mais tempo imóvel nos braços do outro. Desta vez tinha sido ele o primeiro a rolar até a borda da cama, checar mensagens no celular, arrastar o livro atirado no chão até o ponto em que conseguia lê-lo. Escapando do espaço compartilhado e dando lugar uma vez mais aos dois seres distintos, e a tudo o que eles carregam consigo.

Algo errado, *chiquilín?*, ela diz, com os dedos ainda pressionando os músculos dos seus ombros.

Não, nada.

Ela para de apertar por um instante, como se fosse dizer algo mais. Mas logo recomeça, talvez decidindo que não vale a pena remexer no que inquieta o corpo que se ocupa em acariciar. A generosidade dela o enternece, e o faz sentir-se culpado pelas próprias dúvidas. E a culpa em guardá-las acaba fazendo com que ele não consiga evitar a pergunta.

Quando você fecha os olhos, ele começa, já quase se arrependendo de trazer o assunto à tona. Você às vezes pensa em alguém?

Os dedos param de massageá-lo. Dessa vez sem recomeçarem.

No debrías preguntarlo.

Como?

Você não deveria perguntar isso.

Isso quer dizer que sim?

Isso quer dizer que você não deveria perguntar.

Ele encolhe com a resposta. Sente-se pequeno embaixo dela, refém dos braços cujas mãos seguem imóveis sobre ele. E talvez Virginia também o sinta encolher, pois como se quisesse reforçar o quanto ele é tolo ela larga seus ombros e começa a acariciar-lhe os cabelos num cafuné exagerado. Imbuída de um afeto quase maternal, que faz com que a diferença de idade entre eles pareça se multiplicar. Sem olhar, ele adivinha o sorriso no rosto dela.

Isso quer dizer que não importa, *chiquilín.* Nem um pouco.

A resposta ressoa enquanto ele volta para casa, com o cheiro do corpo de Virginia ainda no seu. Um corpo que, com um pouco de imaginação, poderia se transformar sem dificuldade em qualquer outro dos bilhões de corpos do mundo. Uma instância a mais de um ritual repetido em excesso, cujos registros enchem os gigabytes diários nos quais ele tenta encontrar ordem. E ainda que o ritual seja o mesmo, com variações mínimas, a imagem do sêmen esparramado nos cabelos da menina o persegue. Por ser a imagem de qualquer um, vinda de qualquer lugar. E ao mesmo tempo não poder sê-lo.

Sobre a cama, ele abre o computador e localiza no histórico o perfil que enviou o vídeo. Desta vez determinado a dissecá-lo, desmascará-lo como fruto do acaso, livrar-se do fantasma de Livia. Ao abrir o perfil, porém, em meio aos arquivos que não consegue acessar, ele encontra um novo vídeo, aberto para que ele o visualize. Ele olha a data de postagem do link. Uma hora depois da sua mensagem.

Seu dedo procura o botão de play, com o corpo subitamente desperto do silêncio do gozo, da despedida, da volta para casa. O vídeo abre, e ele enxerga uma janela embaçada, com vista para uma floresta de pinheiros. Em uma filmagem amadora, as paredes de madeira deixam entrever o que parece ser o sótão de uma casa rústica. Só então a câmera se afasta, revelando uma menina de cabelos castanhos cujo rosto não se enxerga, deitada de bruços sobre um colchão no assoalho. Ao reconhecer a cena, ele sente o poço se abrir novamente.

A menina permanece de bruços enquanto o homem que segura a câmera se aproxima e começa a penetrá-la, sem que ela esboce reação além da respiração ofegante. Não há identidade, e os corpos em seu movimento automático se tornam coadjuvantes do cenário. Um quarto tão parecido com o da casa da família dela que o faz querer virar a câmera para encontrar os quadros, as fotos dos avós, a lâmpada decorada com os vidros coloridos. Mas o enquadramento segue fixo no corpo da mulher, que geme com o vigor crescente do movimento. Não há como saber. Não há o que fazer senão aceitar a coincidência. A mão invisível que lhe puxa de volta, que apanha a sua mão e a faz descer pela cintura. Que lhe convence sem esforço a aceitar aquela imagem como um presente e deixar o quarto se encher mais uma vez com a presença de Livia.

O universo (que outros chamam a Biblioteca) compõe-se de um número indefinido, e talvez infinito, de galerias hexagonais, com vastos poços de ventilação no centro, cercados por balaustradas baixíssimas. De qualquer hexágono, veem-se os andares inferiores e superiores: interminavelmente. [...]

A cada um dos muros de cada hexágono correspondem cinco estantes; cada estante encerra trinta e dois livros de formato uniforme; cada livro é de quatrocentas e dez páginas; cada página, de quarenta linhas; cada linha, de umas oitenta letras de cor preta. [...] Também decifrou-se o conteúdo: noções de análise combinatória, ilustradas por exemplos de variantes com repetição ilimitada. Esses exemplos permitiram que um bibliotecário de gênio descobrisse a lei fundamental da Biblioteca. Esse pensador observou que todos os livros, por diversos que sejam, constam de elementos iguais: o espaço, o ponto, a vírgula, as vinte e duas letras do alfabeto.

Também alegou um fato que todos os viajantes confirmaram: "Não há, na vasta Biblioteca, dois livros idênticos". Dessas premissas incontrovertíveis deduziu que a Biblioteca é total e que suas prateleiras registram todas as possíveis combinações dos vinte e tantos símbolos ortográficos (número, ainda que vastíssimo, não infinito), ou seja, tudo o que é dado expressar. Amateur, anal, asian, ass, babe, BBW, big dick, big tits, bisexual, blonde, blowjob, bondage, bukkake, camel toe, celebrity, college, compilation, creampie, cumshots, double penetration, ebony, euro, female friendly, fetish, fisting, funny, gangbang, gay, handjob, hardcore, HD porn, hentai, indian, interracial, japanese, latina, lesbian, massage, masturbation, mature, MILF, orgy, outdoor, party, pornstar, POV, reality, red head, rough sex, sex, shemale, small tits, solo male, squirt, strip-tease, teen, threesome, toys, uniforms, vintage, webcam.

Sem roupa sob os lençóis, ele contempla a classificação à sua frente, colada na barra lateral do site como um catálogo botânico. Uma tentativa quixotesca de abstrair a natureza confusa das coisas e providenciar um guia em meio ao fluxo contínuo de imagens. Seriam mesmo necessárias tantas palavras? Ou aquilo era apenas a ânsia de definir-se, individuar-se, encontrar identidade e organização em um oceano de corpos sem nome?

Da barra de categorias, seu olhar volta aos perfis. Ao mistério insondável dos personagens sem rosto que se propôs seguir, cujas identidades se definem pelo que escolheram naquele oceano para preencher suas linhas do tempo e listas de favoritos. Por vezes desordenadas e caóticas, por vezes construídas com cuidado, como pequenos jardins dentro da enorme biodiversidade do desejo. A partir dos quais ele espera, com paciência, conseguir intuir algo sobre o restante da casa.

Uma vez mais, ele desce até o fim da tela e clica no perfil anônimo. Se fosse Livia, por que ela se manteria oculta atrás de imagens alheias? Haveria ali um jogo que ele não percebia? Ou tudo poderia não passar de uma coincidência bizarra, um soneto produzido pelas permutações aleatórias de um número finito de letras? Talvez o prazer dela na empreitada seja simplesmente manter-lhe no escuro, um passo aquém de entender o que se passa. Ou talvez o seu próprio prazer seja permanecer na incerteza. Em todo caso, a única maneira de decifrar o enigma é construindo uma resposta.

Ele apanha o celular, liga a câmera, aperta o botão que a aponta para si. Ao enxergar-se na tela, tenta desenhar um roteiro na cabeça, mas logo se envergonha da própria nudez, constatando sua incapacidade de fazer algum gesto que julgue atraente. Até porque qualquer gesto que faça será uma imitação, em nada mais original do que os vídeos que seguem surgindo na tela do computador. Na ausência de alguém do outro lado, com fantasmas próprios para lhe dar forma, ele não é mais do que uma gama de possibilidades, tão vasta quanto estéril. E tão desprovida de identidade quanto os corpos anônimos que copulam à sua frente.

Largando o telefone, deixa o corpo nu escorregar para fora da cama, caminhando até o espelho improvisado sobre a escrivaninha. É tarde para seguir trabalhando, e Virginia já avisou que não teria tempo para ele hoje. Pensa em sair, procurar um bar nessa cidade que conhece tão pouco, mas isso só o tornaria ainda mais anônimo. Num gesto súbito, ele apanha novamente o computador. No campo de busca do site, digita

myself

Para sua surpresa, em resposta ao gesto retórico, o algoritmo retorna milhares de imagens. Ele passa os olhos por elas, a maior parte de garotas nuas e solitárias, com os dedos entre os pequenos lábios. Títulos como *"Loving myself and getting wet"*, *"Playing with myself for you"*, *"Fucking myself in front of the camera"*. Nada que possa ajudar. Mas como encontrar algo que lhe seja próprio no vórtex? Há de existir um caminho, ele pensa, e tenta

curly hair

curly-haired guy

delicate curly-haired guy
lonely curly-haired guy
lonely

Mas o rio de imagens segue fluindo na tela, inalterado, não importa o que ele digite. Peitos falsos roçando paus, lésbicas deitadas umas sobre as outras, orgias em aulas de ioga, gordas sentadas sobre rapazes submissos, meninas levantando saias a céu aberto, animações japonesas, rostos tatuados se beijando, adolescentes e suas falsas mães, muçulmanas nuas sob véus negros, asiáticas submissas vestidas de colegial, sorrisos lascivos atrás de turbantes, marcas vermelhas em nádegas estapeadas, gemidos estereotipados, poses acrobáticas, calças arriadas até a metade, animadoras de torcida uniformizadas, ejaculações em série, corpos amarrados com cintas, chuveiros embaçados, vibradores desproporcionais, estrias e gorduras sobrando na pele, mãos espalmadas contra paredes de banheiros, russos mal-encarados de cabeça raspada, geringonças mecânicas incompreensíveis, loiras siliconadas embaladas a vácuo, pregas anais dilatadas, esperma jorrando contra olhos fechados, espalhado em costas e peitos, escorrendo dos lábios, saindo em gotas gordas de bocetas e cus abertos e paus duros, sem identidade ou autor. E, ao contrário de Heráclito, ele bem sabe que seria capaz de banhar-se uma vez e outra, e novamente uma vez mais, mas que só conseguiria sair dali exausto e inalterado, com a firme convicção de que o rio é o mesmo.

Pensar na importância do fragmento como potência não totalizadora. A totalização é o fechamento, opera dentro de uma dimensão de falta, de perda, de tentar recuperar o que se perdeu, ou nunca existiu. O fragmento, por sua vez, é a ruína que não se quer reconstruir para que volte a ser o que foi uma vez. A dimensão do fragmento é o suplemento, e não o complemento. O que se busca é a possibilidade de um "vir a ser", pois a potência está no que se constrói a partir dos restos, com os olhos abertos para a frente, e não para a imagem apagada que está na origem da ruína e na memória saudosista. A escrita sampler não copia porque não imita, e não imita porque não é cópia, é uma reescritura, uma invasão do corpo escrito para tirá-lo da ruína imóvel. Samplear é o poder de estender relações de força. É sempre experimentar a partir dos fragmentos de outras experiências. Não interpretar, mas experimentar. Cê gosta do meu cuzinho, né, paixão? Quer chupar ele? Quer? Quer? Vai chupar meu cuzinho? Meter essa língua nele. Ah! Ai, isso, assim que eu gosto, vai. Assim que eu gosto. Você gosta? Muito? Muito? Diz que ama a minha bunda. Ama a minha bunda, ama ela. Ama esse cu. Mete. Mete nesse cu, vai, paixão. Vai.

Ali. Ele volta o vídeo. Ouve de novo. Um gemido. Não de prazer ou de cansaço, mas quase de desistência. Uma renúncia ao desejo, uma entrega a esmo entre a generosidade e a indiferença. Ambas estampadas na expressão do rosto adolescente, infinitamente mais sincera do que a fala artificial e sem convicção de segundos antes.

Ele roda o vídeo para a frente e para trás em câmera lenta no programa de edição, passando o dedo sobre o trackpad como se o acariciasse. Logo adiante, o rapaz tatuado estragará o momento com uma enxurrada de falas tão ruins quanto as que vieram antes. Mas naquele curto espaço de tempo, sem ruído além da respiração, sem imagem além de um rosto de entrega, ele sente ter encontrado algo familiar. Oito segundos, suficientes para que a menina deixe um grito eclodir, aumentar e morrer, num orgasmo tão próximo da legitimidade quanto ele poderia encontrar. E então respire novamente.

Na mesa ao lado do computador, o celular vibra e se ilumina na escuridão. Ele olha o número. Virginia. Não atende, dizendo a si mesmo que não é um bom momento. Mas logo se sente culpado e apanha o telefone. Estou livre pelas nove, tecla. Depois esfrega os olhos, já um pouco vermelhos, e volta ao vídeo. Clicando sobre o botão da tesoura, confirma o ponto do corte e retorna para assistir o que tem até agora. Cinco fragmentos, quarenta segundos. Sua melhor tentativa de expressar na tela o circo de imagens desconexas que move o seu próprio desejo.

Ele pensa onde Livia estará quando assistir, se de fato estiver do outro lado. Se a mensagem vai encontrá-la deitada em sua cama de solteiro na casa dos pais. Ou se ela chegará cansada do trabalho e abrirá o computador sobre a mesa da sala, com a família a poucos passos de distância. Conseguiria ela enxergar a conexão entre as imagens? É impossível saber. Não se veem há meses, as memórias rareiam, fraquejam, transformam-se. E mesmo que permaneçam, é possível que os detalhes de que ele se lembra pertençam apenas a si. Que o que sobreviva na memória dela seja uma combinação distinta de fragmentos, tornando a comunicação impossível.

Mas esse é o salto, a aposta, a prova. O teste de uma intimidade que ele é incapaz de medir. Se enquanto estavam juntos podiam se dar ao luxo de tirar proveito cada um ao seu modo dos momentos compartilhados, agora a opção não existe. Pois o gesto de escolher, de passar da imensidão do possível à precisão do corte, força-o a abrir o jogo, a mostrar as cartas, a revelar sua interpretação do que viveram. E com isso arriscar-se a descobrir que ela talvez jamais tenha visto o mesmo.

Mas não há outra coisa a fazer a essa altura. Mergulhado até o pescoço, ele não tem opção senão apertar no botão de enviar. Ver o vídeo surgir, sozinho e único em seu perfil sem rosto, que até então apenas observava. Ele ainda permanece algum tempo encarando a tela. Esperando que por mágica o rosto de Livia se materialize com sua franja curta, sua cara de tédio adolescente, seu jeito incontrariável de pedir para que ele a deixasse passar a noite em sua casa. Mas nada acontece, e quem o encara de volta é apenas a tela repleta de corpos alheios.

Desorientado pela assincronia daquele diálogo absurdo, ele se levanta. Vai até a janela da sala, através da qual se enxergam as milhares de luzes acesas de uma cidade que ele mal conhece. Vestígios aleatórios de uma multidão, assim como as imagens que piscam na tela. E talvez naquela fosforescência urbana também haja códigos, padrões a serem decifrados, mensagens subliminares. Mas eles são tênues demais para que ele consiga enxergar qualquer coisa além de luzes.

Seria bom poder dividir com alguém o que ele enxerga ali de cima. A vista ampla do apartamento no décimo segundo andar, em que janelas se abrem umas para as outras em um bairro abarrotado. Mas mesmo quem estivesse ao seu lado, em frente à mesma janela, não estaria vendo a mesma coisa. Pois a única forma de comunicar-se é escolher, amostrar, selecionar. Transformar o excesso de informação da realidade nas poucas faixas de uma velha fita cassete, em um singelo mixtape do universo. O presente mais íntimo que se poderia dar a alguém.

O celular toca, ele olha. Virginia.

Talita voltou-lhe as costas e encaminhou-se para a porta. Quando parou, para esperá-lo, desconcertada e, ao mesmo tempo, precisando esperá-lo porque afastar-se dele neste instante era como deixá-lo cair num poço (com baratas, com trapos coloridos), notou que ele sorria e que tampouco o sorriso era para ela. Jamais o vira sorrir assim, tristemente e com tanta franqueza, de frente, sem a ironia habitual, aceitando alguma coisa que lhe estaria vindo do centro da vida, daquele outro poço (com baratas, com trapos coloridos, com um rosto flutuando em água suja?), aproximando-se dela no ato de aceitar essa coisa sem nome que o fazia sorrir. E tampouco seu beijo era para ela, não ocorria ali, grotescamente, ao lado de um congelador cheio de mortos, a tão pouca distância de Manú dormindo. Era como se se alcançassem a partir de outro lugar, com outra parte de si mesmos; e não era deles que se tratava, era como se estivessem pagando ou cobrando algo em nome de outros, como se fossem as marionetes de um encontro impossível entre seus donos. [...] De alguma maneira haviam ingressado em outra coisa, nesse algo onde se podia estar de cinza e ser de rosa, de onde se podia haver morrido afogada num rio (e isso não era o que ela estava pensando) e surgir numa noite de Buenos Aires para repetir na amarelinha a imagem mesma do que acabavam de alcançar, a última casa, o centro da mandala, o Ygdrassil vertiginoso por onde se saía a uma praia aberta, a uma extensão sem limites, ao mundo debaixo das sobrancelhas que os olhos voltados para dentro reconheciam e acatavam.

Não acende a luz.

Mas eu não te enxergo.

Eu te enxergo. Eu conheço o teu rosto antes de gozar.

Quem disse que eu vou gozar?

Eu disse.

Disse?

Eu sei.

Sabe?

Viene.

Ele acorda com um arrepio, um quase orgasmo que se esvai junto com Livia e com o resto do cenário do sonho. Ainda tem o rosto dela nítido na memória. Ao tentar reconstruir o que sonhou, porém, só consegue se lembrar das palavras de Virginia em castelhano algumas horas antes, em um reflexo da mesma cena do lado de cá do espelho. Ao seu lado, ela dorme numa quietude quase absoluta. De frente para ele, sem roupa, seu corpo lhe encara com uma franqueza que o de Livia jamais conseguiria alcançar.

O quarto ao seu redor é funcional, prático, com suas estantes repletas de livros organizados em ordem alfabética. O perfume de amaciante dos lençóis e o ruído discreto do ar-condicionado preenchem a escuridão e o fazem se sentir seguro. Os dois copos d'água atrás da cama persistem intocados, indicando que a noite ainda está no início. Tudo conspira para que ele silencie, deixe que o calor do corpo ao seu lado o faça adormecer. E seria fácil ceder, não fosse pela vividez do sonho.

Ele pensa em acariciar Virginia, acordá-la com a certeza de que ela o receberia. Mas dessa vez hesita. Não seria justo misturar as coisas, ainda que a confusão já seja inescapável, que o colchão macio em que está deitado ao lado dela também seja aquele em que sonha. Ambos partes de um mesmo rio, mas um rio que nesse momento só existe para ele, o único ser desperto no quarto. E mesmo cercado pela imobilidade dos livros na estante, da agenda com os compromissos no mural, dos telefones recarregando nas tomadas, ele tem a certeza de que tudo ali é fluxo.

Sem coragem de interromper o sono dela com a torrente em sua cabeça, ele levanta sem roupa e sai para o corredor, deixando o ar condicionado para trás e sendo envolvido pelo ar úmido do verão. Evitando acender a luz, percorre o apartamento, inanimado e silencioso sob o luar que entra pela porta da varanda. As paredes e estantes estão cheias de pequenos objetos distribuídos com cuidado, cuja significância nem sempre lhe é óbvia. Recortes dispersos do mundo, que ao longo dos anos deram forma àquele lugar, na tentativa de criar barreiras contra o rio que passa. Estranho ao ambiente, ele se sente como um eflúvio de fora que incutisse vida aos objetos. Mas não é impossível que seja apenas mais um deles.

Ele apanha uma foto da parede e a traz até a janela, para examinar o momento em que uma Virginia de cinco ou seis anos assopra um dente-de-leão, que começa a soltar as pétalas sob o impulso do ar. Mais um recorte, uma tentativa de emoldurar o inapreensível em um instantâneo. De colher um fragmento de realidade e criar um momento que perdure antes que as pétalas se espalhem. Algo com que se possa construir uma fotografia, uma parede, uma identidade.

E ansioso por saber se há resposta, alguma pista nova que o ajude a reconstruir Livia, e talvez a si mesmo, ele caminha em silêncio até o escritório. Seus passos furtivos lhe fazem graça: não há ninguém em volta e nada concreto a esconder. Ainda assim, ele sente como se cometesse uma transgressão ao abrir o computador de Virginia, entrar no navegador e digitar o endereço familiar.

Ele vê o perfil surgir na tela. A mesma ausência de fotografias, dados ou qualquer coisa que revele quem está do outro lado. Mas desta vez algo mudou. Desapareceram os vídeos de antes: a menina abraçada nas coxas do negro, os dois corpos anônimos no sótão. E mesmo os arquivos aos quais ele não tinha acesso foram apagados. De tudo que havia ali, resta apenas um vídeo de quinze segundos, que ele abre às pressas, como uma criança que desempacotasse um presente no Natal.

Na tela, a escuridão da imagem só é quebrada por um movimento vago, em que os dois corpos sobre a cama se adivinham mais do que se enxergam. Em uma primeira audição, o roçar dos lençóis é o único som que se escuta. Mas ele coloca o ouvido próximo ao alto-falante e ouve os suspiros quietos. Os murmúrios de uma voz que poderia ser a dela. Que talvez seja. Subitamente surge um facho de luz, e os corpos são revelados pelo giro efêmero do farol. E é como se ele estivesse ali uma vez mais com Livia, os dois estirados na cama de uma velha pousada à beira-mar. Não poderiam ser eles, não havia registro daquele momento além da memória. Mas não faz diferença. Por um instante, o rio se acalma, e no silêncio deixado pelos quinze segundos ele é capaz de reconstruir a presença de alguém que amou.

Ele volta ao início do vídeo, tenta fazer o momento durar. Mas quando traz a mão até o trackpad e aperta o botão de play, sente que outra mão a segura. Ele congela. Mas os dedos apenas o acariciam.

E enquanto os quinze segundos se repetem, Virginia assiste aos movimentos dos corpos no escuro com o ar curioso de quem contemplasse uma paisagem ou um pôr do sol. Uma faceta a mais do mundo, um par de gotas no oceano, sem autor nem origem. Como o corpo que se encosta no dele, com o calor de quem acaba de sair de baixo das cobertas.

Que pasa, chiquilín? Trabalhando a essa hora?

Não, nada importante.

Bem se vê.

Desculpa.

Não precisa. Eu achei bonito.

Mesmo?

Sim. Agora vem cá.

Então ela arregaça as pernas e senta no colo dele sobre a cadeira, enquanto ele se dá conta de que para ela o que existe ali é apenas o rio. Ao abraçá-lo, ela estica o braço e faz o vídeo tocar de novo, mas na cena que surge na tela do computador já não há mais ninguém. Apenas movimentos entrevistos no escuro e gemidos quietos, que excitam a ambos e tornam sua procedência irrelevante. Uma vez mais, não há nomes, palavras, identidades: apenas dois corpos abraçados sobre uma cadeira, a luz tênue do computador, o vento quente a entrar pela janela. A realidade inapreensível e desprovida de linguagem das coisas, dispensando e impedindo qualquer recorte.

E ali, em um canto de uma casa que não lhe pertence, ele segura a mão que tem espalmada sobre a sua com os olhos fechados, num gesto de confiança. A mesma confiança do menino de quatro anos que avança e molha os pés na água, deixando para trás a praia interminável, com seus vendedores de milho verde, suas barracas alugadas e seus catadores de conchas. E com os tatuís lhe mordendo os pés, sente que o mar é frio e enorme, mas segue caminhando, porque não há outra direção senão mais fundo, enquanto o sol refletido na espuma lhe ofusca os olhos. Pois ele sabe que não tem escolha, que não tem como conter o mar nem como se manter à tona com as próprias forças. Que tudo o que pode a fazer é segurar firme naquela mão, a artéria que o mantém conectado ao mundo que conhece e lhe dá coragem para ir além. E ao olhar para o corpo em que se apoia e se abraça e se agarra com vigor ele descobre que agora ele tem o seu tamanho, que o rosto que conhecia desde o berço há tempos completou sua metamorfose para se tornar tantos outros. Mas que o mar ainda é um só, e que contra as ondas os dois continuam entrando juntos na água, cada um ao seu modo, de mãos dadas enquanto avançam correnteza adentro.

Quarto à beira d'água

O mundo começou a alagar de dentro pra fora. Bem no início era uma poça funda de água barrenta, carcomendo o chão do quarto vazio, que já não tinha piso mesmo. Nesse dia eu chamei e ele foi até ali, espichou um olho curioso. Não disse nada. Eu olhei pra ele e disse ó, velho, tu vai ter que dar um jeito nisso. E sei que ele escutou, mas seguiu quieto, sem dizer que sim nem que não. Que eu achei que era sim na hora, e voltei tranquila pro trabalho, pra mandioca empilhada junto do pilão. Mas não era.

Não que alguma vez ele tivesse sido de falar muito. Mas naquela época, depois do acontecido, falava era menos ainda. Desde sempre tinha gostado de andar, caminhar, sair pra rua. Isso sim. E eu gostava quando ele me levava junto, andar pelo mato sem ter que falar o tempo todo era bom. Quando eu era moça o pessoal da cidade às vezes olhava e jurava que ali tinha coisa, má intenção, malícia. Mas nem, eu gostava era da caminhada. E ele gostava era do silêncio.

Silêncio a gente tinha bastante. Eu até ligava o rádio enquanto trabalhava no galpão, quando ele estava longe na lavoura. Mas quando ele chegava, a gente preferia era escutar o campo. Ficar deitado junto no sofá, uma caneca de café, o barulho da bola chutada no gramado atrás da casa. No fundo, acho que aquilo era o que a gente queria no silêncio: poder ouvir os barulhos que se gostava. Mas depois do acontecido, o silêncio passou a ser todo ausência. Os fins de tarde juntos foram sumindo. Ele saía quando eu não estava olhando, e ai de quem pedisse explicação. Eu cansava de ouvir dos vizinhos que me cuidasse, que meu homem andava caminhando perdido lá pras beiras do rio. As mesmas beiras. Como se eu arriscasse perder mais um.

Acho que era pela beira do rio que ele andava no dia em que o buraco apareceu. Mas tive medo de ir atrás, conferir, coisa que até fazia às vezes. Não sei por quê, achei que naquele dia era melhor não incomodar. Imaginei ele lá na beira, encarando o horizonte com o olhar parado, de esperar resposta que se sabe que não vai vir. E enquanto isso fiquei na sala, quieta, a luz apagada. Volta e meia entrava no quarto e via o buraco no chão, como se aquela terra vermelha e molhada quisesse me dizer alguma coisa. Mas sem nervoso, porque eu ainda confiava que ele ia saber o que fazer.

No outro dia de manhã foi ele que eu peguei olhando o buraco. Assim parado. E fiquei satisfeita. Ele andava estranho mas ainda era o meu homem, e não ia deixar a água suja tomar conta da casa. Mas quando ele se virou pra trás e viu que eu espiava já foi se afastando. Murmurou qualquer coisa, dizendo que precisava de uma pá nova, e saiu da sala com pressa. Eu da minha parte achei que a velha devia de servir, mas não soube o que dizer na hora. Uns minutos depois ele foi pro trabalho, e eu vi que não era naquele dia que aquilo ia se resolver.

Aquela tarde quando ele voltou do campo eu perguntei do buraco, se ele tinha ido atrás da pá. E ele disse que não ia adiantar, que tinha era que ir à cidade ver alguém pra fazer o serviço. "Deve de ter estourado um cano lá embaixo", ele falou. Eu perguntei quando que ele pensava em ir, justo ele a quem nunca tinha agradado sair da vila. E ele disse qualquer coisa sobre o outro fim de semana. Eu disse que o outro fim de semana era muito longe, que a gente nem ia poder entrar no quarto se o buraco continuasse crescendo. Mas ele bateu pé, disse que tinha muito serviço. E eu, pra não discordar, mas também não deixar aquela inundação solta, disse que só aceitava se ele tapasse o buraco com terra. Pelo menos por enquanto. Ele disse que não ia adiantar, mas eu fechei a cara e insisti.

Então ele fez um ar de irritado, pegou a pá velha e foi até o quintal buscar o carrinho de mão pra trazer a terra. Já começava a ficar escuro, e pra iluminar o quarto que ia sem luz há tempo eu tive que buscar lampião pra ele trabalhar. E fiquei ali a fazer companhia enquanto ele revolvia terra no quintal, trazia no carrinho e atirava no buraco. Uma hora de trabalho foi suficiente pra mostrar que ele tinha razão. A água não tinha sumido: pelo contrário, só tinha ficado enlameada, e dava até mais medo de cair dentro do que antes. Com cara de "e agora, tá bom?" ele largou a pá e fez menção de sair. Mas antes que ele pudesse abrir a porta eu cheguei perto dele e abracei.

Ele recebeu o abraço como sempre, endureceu o corpo, olhou pra longe. Mas deu pra perceber que tinha gostado. Ele levava um cheiro bom de ter trabalhado na terra, e me deu vontade que aquela noite ele não saísse. Mas eu sabia que se dissesse isso ele ia acabar indo, só pra mostrar que eu não mandava. Então só fiquei abraçada. Com o tempo ele amoleceu, e como há tempos não acontecia a gente esquentou água pro chá e deitou na cama. Como em outros tempos. Não era bem a mesma coisa, mas foi uma noite em paz.

Depois desse dia a vida foi em frente, e com a colheita mais perto a gente tornou a se ocupar. O trabalho foi nos fazendo esquecer das coisas, e logo eu mal lembrava de ter um buraco no quarto, ou de ter outro quarto na casa. Ou tentava não lembrar. E quando ele foi à cidade duas semanas depois eu nem cheguei a cobrar o serviço que ele tinha prometido encomendar. A essa altura eu tinha começado a ajudar a vizinha nos bordados pros festejos, que ela ia casar a filha no mês seguinte. Ele, da sua parte, andava pelo campo de um lado pro outro, arrumando a ceifadeira, trocando as cercas, alisando a estrada. E ver ele trabalhando me deixava mais tranquila, como se a força do hábito trouxesse meu homem pra perto de mim.

Mas aí veio um dia que eu voltei mais cedo, e sem ter visto ele no campo estranhei que também não estivesse na cama, nem na sala, nem na cozinha passando café. E logo pensei que ele tinha voltado pro rio, e minha barriga já ia começando a doer. Mas aí ouvi um som esquisito, um soluço ou gemido que vinha do quarto do lado. Então corri pra abrir a porta, e quando entrei vi ele sem roupa, sentado na beira do buraco. Tinha os pés na água barrenta e um ar de não estar bem ali, com os olhos fixos na parede. Eu fiquei um bom tempo espiando, esperando que alguma coisa acontecesse, mas nada. Até que ele se virou e me viu. Tomou um susto e foi logo levantando, dizendo que estava pensando em maneira de consertar o estrago. Eu não entendi nada, e achei que algo não parecia bem nele andar sem roupa pela casa. Mas vendo ele ali, com os pés sujos de terra molhada, só o que podia fazer era ajudar. E fui logo levar ele pro banho e buscar um pano pra limpar o lamaçal.

Com ele já limpo e vestido, o jantar foi em silêncio, nenhum dos dois sabendo bem o que dizer. Até que eu falei do bordado da vizinha, e ele comentou da ceifadeira, e de repente era como se nada tivesse se passado. Mas no fundo eu já sabia que qualquer coisa tinha acontecido. E que nada mais por ali ia mudar tão fácil.

Me acostumei a voltar em horas estranhas pra cuidar o que ele fazia em casa. Não encontrei mais ele junto do buraco, mas vez em quando via as gotas de terra vermelha no corredor, as manchas na parede do chuveiro, a água escorrendo do quarto. Quando bordava na vizinha e não ouvia o barulho da ceifadeira, às vezes me punha a pensar onde ele podia estar. E um dia vieram os homens procurar ele em casa, dizendo que ele não tinha aparecido no trabalho. Eu não consegui entender, porque ele tinha se despedido de mim dizendo que ia pra lá. Quando contei de noite ele disse que não sabia do que eles estavam falando, que tinha estado na colheita o dia inteiro. Depois ficou quieto, como sempre ficava. E como sempre acontecia, eu não tive coragem de perguntar mais.

Dali em diante resolvi que não podia me afastar da casa. Disse pra vizinha que não ia mais poder ajudar no bordado por causa da dor de barriga, deixando ela espantada: o casamento da filha era na semana seguinte, como é que ela ia fazer pra terminar o vestido? Mas eu não tinha escolha, e deixei de ir sem dar mais explicação. Só não avisei ele. E quando ele saía dizendo que ia pro trabalho dessa vez era eu quem ia pros lados do rio, esperava um tempo no descampado triste que ficava do lado d'água. E um pouco depois voltava devagar pela trilha que dava nos fundos da casa, tentando não chamar a atenção, pra ver o que ia encontrar.

Nos primeiros dias não vi nada, ele disse que ia pra colheita e eu soube que era verdade. Porque sabia que nem no rio nem na casa ele podia ter estado, e porque voltava com aquele cheiro que era dele depois de capinar. Mas no terceiro dia em que repeti o caminho até o rio, encontrei um silêncio esquisito na volta. Entrei em casa ressabiada, sem fazer barulho e a passo lento. Ao chegar no quarto do lado vi a porta fechada, mesmo que lembrasse de ter deixado aberta. E pensando que ele devia andar ali tentei espiar pelo buraco da fechadura, que há tempos já não tinha chave mesmo. Mas quando me abaixei pra olhar ouvi os passos do lado de dentro. Num susto, corri pra porta dos fundos e saí apressada de volta pro quintal.

Fiquei ali estremecida, atrás de uma árvore, com medo dele me ver. Mas o que eu mesma vi foi que me espantou mais ainda. Enquanto eu espiava, ele saiu de casa sem roupa, sujo de barro da cabeça aos pés. Foi até o pátio na frente da casa, pegou um pano escondido no jardim e se secou devagar, como se ninguém pudesse ver. Depois de seco, ainda todo vermelho da lama, ele voltou pra casa. E logo saiu vestido e de chapéu, imundo, como se nada tivesse acontecido. Na direção da trilha do rio. Quando ele passou pelo quintal eu fiquei sem respirar, certa de que ele ia reparar. Mas nada, ele seguiu reto como se não me enxergasse. Foi sumindo no meio do mato devagar, e a essa altura eu já não tinha coragem de ir atrás. E sem ter mais o que fazer, entrei de volta na casa, pisando nas gotas de lama espalhadas pelo corredor até chegar na cama, fechar as janelas e me deitar no escuro.

Não soube mais dele naquele dia, nem tive forças pra procurar. Fui saber que ele tinha voltado só ao sentir o movimento na cama, e o cheiro dele quando acordei. Cheiro de banho tomado, limpo, sem sombra de barro no cobertor. Passei a manhã na dúvida se tinha sonhado o dia anterior, sem entender o que acontecia. Como não conseguia ficar calma, fui até a vizinha pra ver como ia o bordado e tentar me distrair. Mas logo que cheguei ela me botou pra dentro, me sentou na mesa, serviu café. E eu desconfiei que alguma coisa não andava bem.

"Olha, amiga, eu não sou de falar", foi dizendo, e eu já sabia o que ela ia contar. "Parece que viram o teu homem como se fosse um louco, todo sujo na beira do rio." E seguiu assim, dizendo que não era de se meter, mas que se fosse eu ela prestava atenção. Como se eu não soubesse. E ver o gosto com que ela contava aquilo foi me dando uma vontade de sair, e logo eu dei uma desculpa pra ir embora sem terminar o café nem olhar o bordado. E aposto que logo depois ela deve ter saído a contar pra vizinha do lado que eu tinha ido embora correndo, como se fosse louca também. Mas não era. E nem ele.

Depois disso passei a tarde em casa. Sozinha, exceto pela hora em que umas crianças vieram até o pátio como quem não quer nada e começaram a espiar pra dentro da casa. Eu logo soube o que era, que a história já tinha se espalhado, e que louco naquela vila era curiosidade que se precisava saciar. Enxotei as crianças com raiva, faca de cozinha em punho e sermão, "vocês não têm nada que meter o nariz aqui". E soube que ali eu tinha assinado atestado de loucura pro povo todo, mas nem me importei. Contanto que me deixassem em paz, queria mais é que se explodissem os outros.

Mas ele não era os outros. E isso era coisa que se tinha que resolver. Quando ele chegou eu fui arrumando a janta devagar, como se nada tivesse acontecido. Esperando que ele dissesse algo, me facilitasse a vida. Mas nada, ele sentou na frente da televisão sem nem falar. Eu terminei de fazer o jantar me segurando, mas na hora de sentar na mesa não me controlei e falei. "Tem algo de errado, velho?" Ele tentou disfarçar, foi pegando um prato de aipim pra se servir. E então eu levantei a voz, "tem algo de errado, velho?", e ele percebeu que era sério. Levantou da mesa e veio até mim, me tocou nos ombros com um carinho. Mas eu estava resolvida a não aceitar desculpa e levantei. Sem falar nada, mas deixando claro que aquilo não ia servir. E saí da sala sem dizer palavra.

Fui deitar virada pra borda da cama. Cheguei a pensar em botar um colchão no piso, mas vendo as marcas de terra no chão achei que só ia piorar as coisas. Se o outro quarto ainda estivesse inteiro seria tudo mais fácil, se eu não tivesse que depender só dele pra ter companhia. Mas pensar nisso só me fazia mais mal. Então eu não dei espaço pra saudade nem pra tristeza. Tapei a lembrança com um pano escuro, fechei os olhos e os ouvidos e não dei o braço a torcer, mantendo o meu homem longe de mim até o sono chegar.

Acordei quieta ainda. Cansada da noite, da força que me custava aquele silêncio. Mas decidida a me manter calada o quanto fosse preciso. Quando cheguei na sala, ele comia o polvilho do dia anterior na mesa, e me convidou pra sentar com um gesto da mão. Aceitei, mas nem olhei no rosto. Ele veio com mimos, se eu não queria biscoito, café, disse que tinha passado. E eu nada. Então ele sentou de novo, ficou mastigando o polvilho. Eu podia sentir a incomodação dele, sabia que não ia tardar até que estourasse. Mas era disso mesmo que eu precisava. Até que em algum momento ele pegou o banquinho da mesa e com um empurrão forte o derrubou no chão, fazendo um barulho que deve de ter se escutado por toda a vizinhança.

"O que é que há, sua louca? Não fala mais?"

Eu não disse nada a princípio, esperei que ele me perguntasse direito, com o respeito que eu merecia. Mas ele só repetiu. Uma segunda vez. Uma terceira. E de novo, "velha louca". Daí começou a gritar, e eu tinha certeza que os vizinhos ouviam, mas já nem me importava. E quando cansei daqueles gritos sozinhos, quando vi ele levantar e vir na minha direção, então eu também levantei e abri a boca.

Falei. Falei do buraco, do barro, do pano, da vizinha. Falei que não tinha jeito, que a gente tinha que enterrar aquela história, que não tinha como seguir assim. Que ia embora se ele não tomasse atitude. E o pior é que falei sério, e por mais que nunca tivesse pensado aquilo, quando falei tive certeza que era verdade. Mas também falei achando que ele ia entender, se calar, desculpar. Nada. Terminei de falar e ouvi o barulho dele chutando o banco, quebrando uma das pernas e fazendo o tampo estourar na parede. E aí ele foi embora da mesa gritando. Que eu não tinha direito de espiar, que a vida era dele. Que eu não entendia nada, nem ia entender. E saiu batendo a porta, sem dizer aonde ia.

Eu pensei em sair também, ir atrás, pedir pra ele voltar. Mas antes que conseguisse levantar me dei conta que não tinha o que dizer. Que só ia repetir a mesma cena, fora de casa, no caminho. E que nada ia mudar enquanto o buraco continuasse ali. Então deixei o corpo acalmar. Fui ficando quieta, sentindo a desistência tomar conta das pernas. E só quando achei que ele andava longe é que eu saí. Sem lágrima no rosto, nem nada além do ar vazio de quem tinha perdido alguma coisa. Fui até a vizinha, que se espantou em me ver. Sem dizer palavra, peguei o bordado, a agulha, e recomecei onde tinha parado.

E se novamente passei por louca não me importava, que eu só queria era seguir em frente. Quando cheguei em casa ainda limpei o pátio com vassoura e esfregão. E só quando me senti cansada o suficiente pra ter certeza que ia dormir é que deitei na cama e me deixei chorar.

Não sei que horas eram quando o barulho me acordou. Era escuro ainda, o suficiente pra eu não querer levantar. Mas vinha do quarto do lado, era certo. O barulho dos móveis sendo carregados, da pá batendo na terra. E um respirar pesado e forte de quem não estava parado. Com os olhos ainda inchados, eu respirei aliviada. Enfim era o meu homem que chegava em casa. E, sendo ele, eu sabia que o buraco ia se resolver.

Pra não atrapalhar enquanto ele trabalhava, fiquei deitada pelo tempo que o trabalho durou. Sentindo o alívio daquelas batidas, de ser acordada de quando em quando pelo barulho da pá raspando a terra. Imaginando o cimento caindo na água, secando e fechando as frestas. Um chão com a gente pisando firme, com ele me segurando forte como gostava de fazer. Era quase como se ele estivesse ali, do meu lado, como se me tocasse e aquela força toda fosse pra mim. E na verdade era.

Mas aí caí no sono e devo ter perdido a hora. Porque quando acordei de novo já era dia claro. Virei rápido pro outro lado da cama, mas pra minha surpresa ele não estava ali. Agucei o ouvido, procurei o ruído da pá cavando ou da cafeteira borbulhando, mas nada. A casa se enchia de uma manhã quente em que coisa alguma se mexia. Levantei devagar, descansada do sono que eu nem sabia quanto tinha sido, e de pijama ainda saí do quarto. Quis confiar que ele estava na sala, que tinha feito o café, que se vestia pra lavoura. Mas a casa quieta não dava sinal de ninguém, e era muito cedo pra ele já ter ido trabalhar. Procurei no banheiro, na cozinha, no chuveiro do quintal. E aos poucos fui vendo que não tinha opção, que só onde faltava procurar era onde não queria. Ir até a porta fechada, a porta do quarto do lado. E abrir.

O primeiro que notei quando abri foi tudo o que tinha ali, encostado nas paredes. A pá velha, mais um tanto de outras ferramentas trazidas da colheita, enxada e ancinho e furadeira. E as tábuas e pregos por todos os lados, que ele tinha trazido pra tapar o que fizesse água. Os sacos de cimento jogados pelos cantos, alguns fechados, outros abertos. E um princípio de encanamento construído pra drenar aquilo tudo, saindo pra fora da casa, onde eu podia adivinhar que ele ia botar um motor. O trabalho do meu homem.

E só depois de ver tudo aquilo, todo o material em volta, é que eu olhei pro meio do quarto. E vi o buraco, ali, maior que nunca. Dentro do buraco ele quieto, de olhos fechados, coberto de terra vermelha. E vencido. Entre tábuas, canos e pregos, o que restava do esforço da madrugada era o meu buraco, e o meu homem. E não querendo acordá-lo, que não cabia atrapalhar o descanso, cheguei perto devagar. Vi o corpo dele mergulhado até o peito, o resto mal se adivinhando através do turvo da água barrenta. E tive que admitir, com uma tristeza enorme, que era bonito ver ele ali.

Sem coragem de mexer na cena, de quebrar o repouso, fui aos poucos olhando o quarto. E enxergando entre a bagunça das pás e sacos de cimento o que ainda sobrava dele. A estante com os livros da escola, o baú de brinquedos no canto da janela. A cama pequena, desmontada, apoiada contra o armário. Quase desabando pra dentro do buraco também. E então fui me aproximando, com todo o carinho que levava guardado. Vi o corpo cansado, os braços enlaçando os joelhos, a força de homem reduzida a uma pose de menino. Quase afogado, como o outro, não fosse ele um pouco maior, e o buraco menor do que o rio.

Chegando perto, sentei na borda da água barrenta, me misturando eu também com a terra. Abracei a cabeça dele, tomei os ombros em meus braços. E comecei a entoar a única música que me veio à cabeça, minha velha canção de ninar. Balançando os ombros, embalei o que cabia dele nos meus braços. Por um momento ele abriu os olhos, olhou nos meus. Mas acho que entendeu o que eu queria, porque logo tornou a fechar. E naquele embalo lento fomos os dois aceitando, deixando que o quarto voltasse a cumprir o seu destino de terra inundada. Que nem cimento nem obra, nem tábua nem encanamento, nem uma vida inteira seria capaz de fechar.

Icebergs

Baía de *****, 7º dia

À luz da distância, a vida volta ao normal no povoado. Um pouco após o pôr do sol de ontem, equinócio de primavera, pude observar uma celebração dos nativos. Com as mulheres cobertas por panos negros e os homens sentados contra a encosta, as tochas foram passadas de mão em mão, e o grão da colheita foi dividido. A partilha obedece a uma lógica própria, em que o que toca a cada indivíduo varia entre um e quatro sacos. Limitado pelo alcance da luneta, não fui capaz de compreender o critério que rege a divisão, mas adicionei sua elucidação como uma de minhas prioridades.

Durante os últimos dias, surpreendentemente quentes para esta época do ano, o trabalho agrícola tem dominado a rotina da tribo. E tudo me leva a crer que serei capaz de acompanhá-la por toda a estação sem ter de abandonar meu posto. Acreditando no poder da observação à distância, na validade da amostra litorânea para a compreensão da ilha. Sem a necessidade de me expor às feras, à doença e à imprevisibilidade dos indígenas. E sem o risco de me contaminar por suas ideias, o que acabaria com a minha isenção em registrar seu comportamento e com a sua naturalidade em mantê-lo.

Nesse sentido, agrada-me constatar o quanto minha presença vai se tornando irrelevante. Nas últimas duas noites, já não houve guardas nas torres de vigia. E mesmo no fim da tarde, após o trabalho na lavoura, são poucos os que ainda vêm à praia me observar. Não posso descartar que seja apenas um efeito da intensificação do trabalho, mas tudo me leva a crer que minha estratégia de distanciamento tem funcionado. Aproximo-me assim da situação ideal: a de um observador invisível, dispondo de pleno acesso a meus sujeitos com um mínimo de interferência.

[...]

O que mais guardo na memória é o brilho do sol refletido no gelo, e o frio impensável dos pedaços que vinham dar à praia. Pelo tamanho da rocha, branca e estrangeira, podíamos imaginar que o homem vinha de longe, mais do que qualquer um de nós poderia alcançar. E, ao apanhar pela primeira vez as lascas de gelo nas mãos, para logo vê-las se tornarem água, ardi em vontade de nadar até a embarcação. De subir a montanha gelada e explorar os poderes mágicos que a faziam navegar, como se os deuses a empurrassem sobre as ondas. Até chegar ao topo e encontrar o homem que a conduzia, dentro de sua cabine construída sobre o gelo, para que ele me contasse como fazer para que ele não derretesse.

Fui forçado, porém, a ouvir os mais velhos. Desde que eu era pequeno, meu pai contava histórias de montanhas que flutuavam no mar, impulsionadas por velas, hélices e fumaça. Mas elas sempre haviam permanecido na baía, habitadas por homens estranhos que nos observavam através de olhos de vidro. No dia em que o bloco de gelo surgiu, o *siwang* reuniu nosso povo e disse que o melhor que tínhamos a fazer era ficar longe do mar, como faziam os porcos selvagens. Se tudo corresse como das outras vezes, a visita não duraria mais do que um ciclo da lua, e em breve estaríamos novamente colhendo mexilhões, sem nos preocuparmos em ser observados.

Ainda assim, havia o brilho e o toque úmido das lascas de gelo, algo que nem meu pai nem o *siwang* entendiam. E a solidão do homem de branco sobre a montanha, afastado de nós pela água salgada. Um brilho e uma solidão que se traduziam em inúmeras histórias que imaginei comigo mesmo para explicar seu aparecimento. Histórias que não se pareciam em nada umas com as outras, exceto pelo final, em que o bloco de gelo invariavelmente vinha em direção à praia e tocava o calor da areia. E dali em diante, a única certeza que eu tinha era de que a vida não voltaria a ser a mesma.

[...]

Baía de ******, 14º dia

O trabalho na colheita parece minguar. Ainda assim, a calma e a letargia típica destas latitudes não se manifestam senão em lapsos, em que os homens da tribo deitam em círculos e conversam, enquanto bebem de um grande recipiente de madeira. Do descanso das mulheres, nada sei. Sempre as vejo sozinhas, desempenhando alguma função doméstica, como lavar tecidos e verduras na foz do rio, o que me leva a pensar que interagem entre si apenas em locais privados.

O tempo dos nativos é agora aproveitado em trabalhos de construção, que se intensificam dia após dia. Há um grande esforço dos homens em cortar lenha da mata, aparentemente para erigir uma edificação coletiva. Pelas marcas que os mais velhos têm desenhado no chão, suspeito que esta possa ser uma muralha ao redor da vila. Pergunto-me se isso me trará dificuldades em meu trabalho, ou se é motivado por minha presença. Mas ainda não disponho de respostas que me satisfaçam.

À parte a expectativa do início das obras, a observação corre tranquila, bem mais do que nos relatos dos que me precederam. Talvez seja a sorte de um navegador experiente. Ou talvez algo tenha sido aprendido nas missões anteriores, a ponto de os próprios nativos já respeitarem nosso método. Os mantimentos guardados na cabine seguem num nível confortável para a viagem de volta, sem que seja necessário aportar na tribo. Minha única preocupação é o calor, mas com o final da missão ocorrendo antes do início do verão isso não deverá representar um problema, e o gelo deverá durar até o momento de retornar às águas frias.

[...]

Dizem os mais velhos que o *kawauthek* surgiu do amor entre Liayeng, filho de Eban, e Sitharak, a ninfa das lagoas. Já naquela época, as tradições não permitiam que os meninos se banhassem na água doce antes de passarem pelos rituais. Com isso, Liayeng não ousava entrar na lagoa onde vivia Sitharak, limitando-se a se ver refletido na superfície. Com pressa de fazer chegar seu amado, Sitharak procurou o deus dos ventos, Eliang, para que trouxesse do continente uma lufada de ar tão quente que não restasse opção a Liayeng senão pular em suas águas para se refrescar.

Eliang aceitou a proposta de Sitharak, que em troca subiu aos céus por três meses como chuva e acariciou os ventos na queda, retornando cada vez mais exausta à lagoa. Ao final desse tempo, Eliang foi forçado a pagar sua dívida, arrastando dos desertos uma massa de ar quente capaz de enlouquecer um homem na ausência de água. Sitharak celebrou o dia como aquele em que por fim se juntaria ao seu amor, mas os deuses a castigaram pela pressa. Quando Liayeng chegou às águas do lago, desesperado de calor, elas já haviam evaporado, deixando Sitharak novamente à mercê dos ventos. E Liayeng, como os outros homens de sua tribo, não teve opção senão lançar-se ao mar e morrer afogado entre as ondas.

Ao ver Sitharak chegar aos céus como vapor, Eliang se sensibilizou com seu sofrimento e prometeu reparar seu erro. A cada cinquenta anos, assim, o vento quente do *kawauthek* retorna à ilha, fazendo rios e mares subirem aos céus, para que Sitharak e Liayeng possam lá se encontrar. Como os céus são vastos e os ventos imprevisíveis, porém, seu encontro ainda não passa de uma esperança não preenchida. E só quando os dois cruzarem seus caminhos é que eles por fim choverão juntos e farão os ventos repousarem.

[...]

Baía de ******, 21º dia

Minhas suspeitas se confirmam, para melhor ou para pior. Sem dúvida o que tenho presenciado nos últimos dias enriquecerá o conhecimento sobre os homens dos trópicos, pois livro algum comporta uma descrição tão precisa do trabalho coletivo no arquipélago. Desde o início da construção da muralha, os esforços de homens e mulheres têm sido dispendidos nesta tarefa, que evolui com rapidez impressionante. A complexidade das noções de engenharia da tribo é surpreendente, e não me espantaria se alguns de seus métodos se mostrassem úteis para meu próprio povo. Tenho me esforçado em reproduzir a estrutura dos muros em meus diagramas, a fim de que um engenheiro possa dar mais tarde um parecer fundamentado sobre sua resistência.

Ao mesmo tempo, o esforço gasto na empreitada torna improvável a hipótese de que ela seja motivada por minha presença. A tribo já não se detém em me observar, e não parece haver particular interesse em guardar a margem costeira da vila, que permanece desprotegida. Pelo contrário, o muro se volta para o lado que conduz ao centro da ilha. Isso me faz suspeitar que um evento significativo esteja por vir, possivelmente o ataque de uma tribo vizinha. Se minhas suspeitas se confirmarem, serei o primeiro a presenciar uma batalha entre tribos neste hemisfério, o que certamente me renderá uma condecoração.

Resta esperar, porém, que o quer que venha a acontecer ocorra antes de os muros estarem terminados, a fim de ser passível de um estudo abrangente. Mesmo agora, o que consigo enxergar da vida da tribo para além da barreira já é cada vez mais restrito. É lástima que meu olhar seja cerceado justamente no momento em que a observação mais interessa. Mas ainda confio que o tempo seja meu aliado — restam vários dias até que a espessura do gelo atinja o limite crítico, e o grande acontecimento parece iminente.

[...]

A floresta inteira vibra com o movimento. A algazarra dos sapos e cigarras é o pano de fundo para que as tochas balancem no centro da clareira, criando desenhos de fogo que me permitem enxergar a noite ao redor: as sombras dos guerreiros, as aves nas gaiolas, o metal nas pontas das lanças, as cordas entrelaçadas no chão. Minha mãe me abraça apreensiva, me fazendo sentir o suor do trabalho do dia. E as imagens à nossa volta tornam claro que não estamos sós, que os espíritos dos antigos e das criaturas da floresta nos acompanham e nos ouvem.

Dentro do círculo, o *siwang* abre as portas do mundo subterrâneo e oferece o seu corpo para que os espíritos ganhem voz. O primeiro é Kakumakhok, o tapir, que com sua voz grave fala das planícies em que os campos de água secaram, levando os animais de quatro patas a se refugiarem na floresta. Depois vêm os grasnos de Ihuwarek, o gavião, que conta que os grandes pássaros já deixaram as ilhas e migram velozes para o continente. E por fim Tapuk, a cascavel, confirma sibilante o que todos esperam. O *kawauthek* já partiu do deserto, e seu calor se espalha pelas ilhas. Tudo o que nos resta a fazer é buscar proteção.

O anúncio é recebido com lamúrias e sussurros. Os homens abraçam suas mulheres, e alguns tiram suas roupas, num resquício das velhas tradições. Mas a voz retumbante do *siwang* cala os murmúrios e faz os tambores soarem. Seu corpo coberto de penas balança, e com um grito ele conjura os espíritos novamente, desta vez para serem incorporados pelos homens da tribo, que se aproximam do círculo de fogo para receber suas benesses. A comoção é geral: enquanto alguns andam nas quatro patas, outros batem asas ou rastejam. Todos se enfrentam dentro do círculo com suas armas recém-conquistadas, sejam elas patas, ferrões ou dentes, numa encenação das batalhas ancestrais. Exceto por mim que, jovem demais para aceitar os espíritos, apenas aguardo o momento em que o encantamento cesse, e se inicie a migração em direção à praia, sonhando com o gelo que irá nos salvar.

[...]

Baía de ******, 24º dia

Traído! Traído pelas previsões, pela meteorologia, pela lógica. Pois não há outra explicação para o que se passa senão o castigo divino!

Faltam mais de dois meses para o verão, tempo suficiente para rumar para longe das correntes equatoriais. Mas depois do que parecia ser uma noite normal de primavera, despertei atormentado por um calor intenso e inesperado. Ao sair da cabine, fui surpreendido pela intensidade irreal do vento quente que sopra da praia em direção ao oceano. E então percebi que a muralha dos nativos nada tem de bélica: eles correm em massa da vila para o mar, utilizando os muros como escudo contra a onda de calor.

Sob os meus pés, o gelo que deveria durar mais três semanas goteja rápido e ameaça se extinguir em poucos dias, ou mesmo em horas. Os instrumentos de medida acusam que o iceberg já diminuiu sessenta centímetros. Nesse ritmo, será impossível mudar minhas coordenadas e retornar em tempo hábil, antes que o calor me deixe à deriva. Abandonar a baía agora seria suicídio: se irei adernar, é melhor estar próximo à praia. E confiar que meus sujeitos, que por ironia do destino optei por manter à distância, possam me oferecer abrigo quando ela não for mais uma opção.

[...]

Ao nos lançarmos na água quando a noite começa a clarear, tudo o que enxergo é o bloco de gelo. Não que eu não sinta na pele o *kawauthek*: meu rosto sua tanto quanto os de meus companheiros, e junto com eles corro em disparada em direção à água. Mas tão logo afundo em meio às ondas, sentindo o alívio da água fria se espalhar pelo corpo, meus olhos voltam a buscar a embarcação. E então a diviso no horizonte: já encolhendo de tamanho, ela permanece sem rumo no centro da baía, aguardando seu destino.

Nesse momento, me dou conta de que sou o único que pode resgatar o forasteiro, ameaçado pela maldição de Eliang. Sem hesitação ou cautela, afasto-me da multidão que se aglomera nas águas rasas, fazendo suas abluções para acalmar os deuses, e apanho uma canoa ancorada perto da praia. Levantando o corpo da água, subo no barco e começo a remar, com os braços desafiando o desconforto. Ao ver que me afasto, minha mãe grita atrás de mim, mas sei que devo desobedecer, pois algo maior me chama à frente.

Por mais de uma vez tenho de mergulhar para me refrescar, mas logo subo à canoa e volto a remar. A cada mergulho, sinto o mar esfriando, como se mil lascas de gelo tocassem minha pele, à medida que a embarcação é derrotada pelo *kawauthek*. Quando a canoa toca a massa branca, porém, sua imponência ainda é evidente. Mesmo que tenha perdido altura, o bloco é maior do que nossas muralhas, e emana um frio que enfrenta sozinho o calor de Eliang. Quando toco o gelo pela primeira vez, com o corpo esticado sobre a proa, me pergunto se ela também será a última, ao senti-lo escorrer sob minhas mãos. Mas não lamento o derretimento, pois sei que é ele que trará o forasteiro para junto de mim.

[...]

Ilha de ***, 1º dia

À medida que os restos do gelo desaparecem, o que mais me surpreende é a experiência de estar do outro lado. Da praia, à mesma distância da qual observei a tribo, as circunstâncias agora me forçam a observar minha embarcação afundando no mar, com sua estrutura derrotada pelos trópicos. Ao acompanhar a cena, apanho por reflexo o bloco de notas para registrar minhas observações. Pois aqui, nos braços da tribo, tenho a efêmera oportunidade de estudar o que resta de minha ilha de civilização antes que ela desapareça.

E me ocorre que a única maneira de continuar esse trabalho fundamental, perpetuando um ponto de vista idôneo para a observação etnográfica de minha própria cultura, é utilizar a mim mesmo como sujeito. Tempo para isso não há de faltar. E tampouco observadores. Pois aqui, perdido nesse porto que me abrigará sabe deus até quando, estarei cercado por olhares que, se já não estão distantes fisicamente, permanecem apartados de mim por quase tudo: pela cor da pele, pela língua, pelos costumes e por séculos de civilização.

Para que isso ocorra, resta o desafio de treinar meus observadores. Não há dúvida de que a etnografia será um conceito estranho em uma tribo primitiva, e que o método terá de ser ensinado com esforço redobrado. Mas tenho esperança de que, com a enormidade do tempo que me toca, tal feito possa ser alcançado. E talvez por meio do exemplo, à medida que estudo os nativos — já sem a distância física, mas com a barreira da língua, do tempo, da origem —, eu possa lhes incutir lucidez suficiente para que possam me observar também de modo sistemático, e assim prestar um serviço inestimável a meu próprio povo.

Agora mesmo, enquanto escrevo, noto o olhar curioso do menino que me acompanha, o mesmo que me resgatou no mar no momento em que eu ameaçava desesperar. E vendo seu fascínio ao tomar meu bloco em suas mãos e folhear meus escritos, suponho que ali possa já existir o germe da curiosidade científica. Germe que, se nutrido com o devido rigor, poderá quem sabe gerar uma mente capaz de encarar o desafio que a aguarda. Então deixo que ele brinque com meus cadernos e minha luneta, sem pressa em recuperá-los. Pois se eu estiver certo, o futuro revelará que a exploração desse interesse indomado terá sido minha maior contribuição para a ciência dos homens.

[.................]

Uyawalak, 8º ano após o derretimento

    Enquanto o sol começa a se pôr, suave e breve, contemplo o horizonte dessa tarde estranha de inverno. Aparentemente tão corriqueira como qualquer outra, exceto por ser a primeira em que não estás aqui.
    Foram oito anos de tua presença na ilha, oito anos orbitando ao teu redor. Oito anos que nenhum de nós poderia imaginar que culminariam nessa tarde em que, num veleiro de madeira, partiste com teus companheiros em direção ao mar. Se ele bastará para chegar ao teu país de origem ou acabará aportando em alguma ilha vizinha, já não faz diferença. Tudo o que posso enxergar (e isso é só o que importa) é o não estares mais aqui, é a ausência que o teu rastro deixa.
    Foram anos de um observar-te constante, dedicado, interminável. De início com meus próprios olhos, à maneira solta do menino de treze anos que era. Com o passar do tempo, passei a estudar-te também ao teu modo: na tua língua, e com o método que aos poucos me ensinaste, seguro da minha distância. Distância que daria credibilidade e isenção ao que eu tivesse a dizer sobre ti. De tanto olhar-te, fui aos poucos adotando as tuas maneiras, tuas palavras e trejeitos. E por fim adotei teus cadernos, que te entreguei de volta no momento de tua partida, e que prometeste revelar ao mundo como um presente à tua civilização.
    Da minha parte, porém, imbuído da humildade que herdei dos ancestrais, continuo incerto quanto ao que possa dizer sobre teu mundo. Ou sobre qualquer outro, se é que outro possa haver. Disse muito sobre

ti, não nego: conheci a fundo tuas estranhezas, tuas maneiras incomuns, teu modo peculiar de pronunciar as consoantes de nossa língua. E como o etnógrafo que quiseste que eu fosse, soube documentar tua inadequação ao trabalho prático, teu excesso de palavras, tua falta de aptidão para os gestos corporais. Também te vi mudar: tua pele antes branca como o gelo tornou-se escura, as marcas do sol se espalharam pelo rosto. E teu entusiasmo pela ilha foi dando lugar à nostalgia, e à certeza lenta e inexorável de querer voltar.

Durante esse tempo todo, tenho a impressão de que esperei por algo que ainda hoje não sei dizer o que era. Talvez pelo dia em que, por algum detalhe imperceptível a qualquer outro olhar, eu pudesse sentir que te tornavas mais próximo. Um deslize nos teus modos formais, uma vogal mais relaxada, uma manhã em que despertasses e não rumasses tão previsível ao rio para lavar o rosto e te livrar do sono que sempre pareceu te atormentar. Ou simplesmente certa naturalidade em deixar o corpo cair ao fim da tarde como um de nós, amparado pela mansidão do tempo, sabendo-te em segurança em uma ilha distante de tudo.

Mas esse dia nunca chegou: teu método e tuas maneiras permaneceram tão sólidos quanto sempre foram, do momento da tua chegada até hoje. E o tempo só serviu para aumentar tua determinação em construir uma nova embarcação, que traçaria o caminho de volta à tua terra gelada, constante e estável. Um plano que levaria a tribo a desenvolver remos, roldanas e velas de palha de coqueiro, capazes de amealhar o poder dos ventos e te carregar aonde desejasses. E nada mais natural do que haveres conquistado durante o processo os novos seguidores que te acompanhariam na viagem, fascinados pelos relatos sobre tua terra natal.

Por todo esse tempo, estiveste certo de que eu também te acompanharia. Sem meias palavras, declaraste que com o que havia aprendido do método, somado à minha aptidão natural para a observação, eu estaria capacitado a modificar radicalmente a imagem de tua civilização, uma vez imerso nela. E te conhecendo como hoje conheço, consigo entender que não poderias esperar outra coisa, e que talvez nunca chegarás a compreender por que não te segui. Por que preferi estar hoje aqui, à beira da praia, olhando o horizonte e sentindo tua falta.

Por oito anos me falaste do método: nele sempre reconheceste teu porto seguro. Por trás das lentes dos óculos, enxergaste na disciplina o caminho natural para satisfazer a curiosidade que percebias em mim. Para a fome que vias no meu olhar, desde o dia em que ainda menino me aproximei de ti na praia e, abrindo o teu bloco, consultei tuas anotações sem compreendê-las. Ainda hoje admiro tua perspicácia em reconhecer essa fome, em não subestimar a força que me movia. E me pergunto por que o mesmo olhar nunca foi capaz de perceber, ao longo dos anos que se seguiram, que ela nunca chegou a ser saciada.

Não que me haja faltado dedicação em estudar o método. Antes mesmo que a barreira da língua fosse rompida, fui um ardoroso estudante e defensor do distanciamento, da idoneidade do observador, da sistemática dos registros e da síntese empírica de estruturas. E como me pediste desde o princípio, usei o método apaixonadamente para te observar: meus blocos de anotações se contam às dezenas, indo desde relatos banais sobre teus trejeitos à mesa ou tua forma de dormir até ambiciosas teorias sobre teu ímpeto colonizador, tão bem disfarçado sob tua aparência branda e teus modos gentis.

Mas hoje, enquanto te afastas da minha visão, sou forçado a confessar o que nunca fui capaz de dizer. A externar um desconforto abafado pela tua presença atenciosa, que agora que te distancias sou capaz de enxergar com mais clareza. E reconhecer, já longe da tua sombra, que junto com o que aprendi sobre ti algo obscuro e precioso se perdeu. Pois apesar de todos os cadernos que preenchi escrevendo a teu respeito, ainda sinto que não consegui dizer o que queria. E quer por incompetência minha, quer por insuficiência do método, sei que a experiência fundamental de te conhecer permanece uma história não contada.

Pois o que eu gostaria de dizer não vem daquilo que és, ou do que descobri ao te observar. Minha história começa com o brilho do gelo, e com as lascas derretendo em minhas mãos à beira da praia. Se houve um momento em que tive algo a dizer sobre ti, não foi no dia de tua partida, nem em nenhum dos milhares de dias que gastei a te observar, a tomar notas e a rabiscar em cadernos. Se houve algo a ser dito, o grito teria de ter ressoado naquela noite quente de oito anos atrás, em que o derreter do gelo trouxe o teu corpo até mim. No instante em que te tomei nos braços e te estendi na canoa, contemplando tua pele impensavelmente branca, teu olhar confuso e amedrontado. Nunca como naquele momento tive tanto a dizer. Mas preferi me calar, porque não era preciso dizê-lo, e assim estava bem.

Porque só o meu olhar de longe, no fundo, foi capaz de te conhecer como eu precisava. De preencher com a força necessária as lacunas e criar paisagens geladas mais vívidas do que qualquer um de nós dois poderia descrever. Tudo o que veio depois seria um reescrever insuficiente do deslumbre daquele instante de encontro. Um embotamento do desconhecido, uma repetição de fatos que talvez interessassem a ti. Mas que para mim pouco disseram sobre o que eu de fato desejava entender: a força do meu olhar naquele momento, talvez o único que tenha importado até hoje.

E tudo isso são coisas que eu teria desejado te dizer, ou transmitir de outra forma, mais funda e arcaica, inegável como um vento quente. Mas em oito anos não fui capaz de fazê-lo. No início porque não falavas minha língua, e tudo o que eu dissesse esbarraria em ouvidos surdos. Depois porque tive medo: medo de contrariar tuas expectativas, de usar as palavras erradas, de te afastar de mim. E após isso por constatar, com certo espanto, que a astênica língua da ciência que me ensinaste a falar era insuficiente para dizê-las. E a partir de hoje, mesmo que sinta meu olhar verdadeiro voltar à medida que te afastas, seguirei incapaz de expressar o que desejo, porque o mais forte dos meus gritos não seria suficiente para alcançar o oceano onde te encontras.

E sem poder gritar, limito-me a murmurar uma silenciosa advertência que espero que recebas. Um recado jogado ao mar antes de partires, quando esta noite, sem que percebesses, untei meus cadernos com óleo de palmeira-brava. Para que uma vez expostos ao sol no convés do barco, eles comecem a queimar em não mais do que algumas horas. Horas suficientes para já estares em alto-mar, para que não possas pensar em voltar. Imagino que neste momento o incêndio já deva iluminar o fim da tarde, causando rebuliço na tripulação e não te deixando alternativa senão jogar meus livros ao mar. E assim abandonar, com lágrimas nos olhos, meu conhecimento sobre uma civilização que não conheço e que já não me importa. Ao te dar de presente este último gesto, escrito em fogo, talvez por fim eu possa te dizer o que queria desde o começo. Te iluminar com um brilho luminoso, ofuscante como o do gelo. Um brilho que, mais do que as minhas palavras, seja pungente o bastante para que compreendas a única coisa que sei.

Choeung Ek

"Você não pode simplesmente vir e ir embora, você tem que fazer parte do lugar", diz o *barang* enquanto se arruma para o evento de hoje, no tempo morto em que os turistas do dia já foram embora e a hora do espetáculo noturno ainda não chegou. O *barang* repete esse discurso desde que veio parar aqui: por algum motivo, os japoneses com suas câmeras apontadas para as caveiras lhe causam um incômodo sobrenatural, e ele só consegue simpatizar com outros *barangs* de mochila e ar blasé como ele mesmo. Eu volta e meia tento argumentar que isso é bobo, que os turistas são o nosso ganha-pão, e que se não fossem eles não teríamos o que comer. Mas nada disso convence o *barang*, que parece preso à sua obsessão de ser um turista melhor do que os outros. Não tente chamar o *barang* de turista, porém: ele vai querer pular sobre você e morder seu pescoço. E agora que está radicado aqui, é até capaz de fazê-lo.

O que parece incomodar o *barang* é algo que ele chama de "exploração da miséria alheia": o fato de os campos de extermínio serem a maior atração turística da nossa capital, fazendo com que tantos estrangeiros venham aqui para visitar um lugar cuja principal reputação é ter abrigado mais de trinta mil execuções na época do regime. Mas me parece injusto falar mal assim do memorial. Primeiro por desvalorizar o trabalho que nossa população teve para decorá-lo: a disposição dos crânios na redoma de vidro, as cordas penduradas nas árvores, os instrumentos de tortura perdidos que nossos artesãos tiveram o cuidado de refazer. E segundo porque, convenhamos, não há motivos para desfazer o mérito de trinta mil execuções. Todos sabem que nosso país há muito frequenta os livros de recordes pelos números do regime, e nós temos de saber nos orgulhar deles. Até porque, ainda que desagradáveis, eles são o que nos tem permitido sobreviver por todo esse tempo aqui.

Mas diga isso a um destes *barangs* orgulhosos e ele vai imediatamente fazer uma careta de escândalo de quem acha tudo um absurdo, mesmo que não seja ele quem dependa disso para botar comida na mesa. E provavelmente vai vir, do alto de seu humanismo movido a chá descafeinado, com alguma ideia para consertar o país fazendo "serviço voluntário". O que em língua de *barangs* significa uma oportunidade de ficar vários meses de férias, longe do trabalho e dos pais, num país em que a mesada que ganham vale vários anos do salário de um empregado normal, onde eles vão poder passar a maior parte do seu tempo seduzindo jovenzinhas locais com o charme de seu capital estrangeiro. Eu não duvidaria, aliás, que quando nos transformaram em colônia a desculpa oficial dos franceses fosse vir fazer serviço voluntário aqui. Ainda assim, o *barang* parece considerar isso muito mais nobre do que chegar, tirar fotos e ir embora, por mais que os japoneses sejam muito mais generosos com as gorjetas e acabem contribuindo mais para o nosso bem-estar. Além de terem hábitos higiênicos bastante melhores do que os *barangs* maconheiros e metidos a cultos que vêm fazer serviço voluntário, o que diminui as chances de contrairmos alguma afecção intestinal mais importante às custas deles.

Por falar em intestinos, aliás, uma das coisas mais engraçadas sobre o *barang* é que ele segue carregando sua garrafinha de água mineral para onde quer que vá. Agora mesmo, enquanto se prepara para o show da noite com as roupas de inimigo do regime, ele tem a garrafa ao seu lado no camarim. É engraçado pensar que os *barangs* são muito politicamente corretos e querem ajudar e fazer parte da comunidade, mas apenas sob a condição de que não tenham que beber a nossa água. E esse é apenas um dos muitos hábitos *barangs* que eles obviamente não misturariam com os nossos, incluindo as casas onde moram, as mulheres com quem flertam e os restaurantes que frequentam. Naturalmente que esses últimos itens não são mais opção para o nosso *barang* em particular, mas mesmo agora que sua condição o obriga a permanecer conosco ele não foi capaz de abandonar a garrafa de água mineral. Isso tem gerado alguns problemas com os vendedores ambulantes de quem ele as compra, que têm começado a espalhar histórias que podem vir a nos trazer problemas.

Por conta disso, temos advertido o *barang* para que ele se restrinja aos itens que é capaz de conseguir com os turistas, que não têm como perceber que ele anda por aqui todos os dias. Caso contrário, é possível que a administração dos campos de extermínio logo comece a nos incomodar pela indiscrição.

Porque os termos de nosso acordo com a administração são bastante claros, ainda que o *barang* não entenda isso, porque na sua terra os acordos só existem quando são feitos com contratos e advogados e essas coisas de *barangs*, e não levam em conta as fases da lua, a qualidade da carne e as coisas que realmente deveriam pesar nessas horas. E o nosso acordo diz que a administração tem o direito de explorar a venda de ingressos durante o dia, cobrando cinco dólares para levar os turistas aos túmulos escavados, às ossadas no memorial, à exposição de artefatos de tortura e ao museu do genocídio. O que em números absolutos significa que eles ficam com a maior parte dos turistas que vêm até os campos, e assim está bem, contanto que sigam cumprindo a sua parte no acordo. Pois não é a quantidade que nos interessa, e sim o grau de imersão na comunidade daqueles que decidem aceitar nosso convite.

Pois ali em um canto vazio do museu, próximo ao banheiro masculino (que é cheio desses confortos feitos especialmente para atrair os turistas, como vasos sanitários em que você pode ficar sentado), estará um funcionário de nossa confiança. Esse funcionário normalmente não fará nada além de indicar o banheiro, a não ser que perceba que um tipo particular de turista se aproxima. Pois não nos interessam os grandes grupos de japoneses nem os velhinhos europeus ossudos e queimados de sol. Mas sim o *barang* jovem, solitário e pretensioso, que saiba apreciar um programa diferenciado. Apenas ao ver esse tipo particular é que o funcionário olhará para ele com o ar de cumplicidade de um traficante que encontra seu comprador. Aproximando-se do *barang*, ele lhe perguntará em voz baixa algo como *"do you want to take an unofficial tour of Choeung Ek?"*, e lhe entregará o folheto rabiscado com a oferta de um passeio noturno pelas catacumbas. Ao ler aquilo, o *barang* se sentirá atraído, ou pelo menos intrigado com a proposta. Ainda que a ideia possa lhe soar meio boba ou vulgar, ela lhe acompanhará ao longo do dia como uma curiosidade que não largará do seu pé, acariciando seu fetiche não admitido pelo genocídio alheio. Mas de uma forma que não chegue a ferir sua sensibilidade humanista de voluntário, e que depois de algumas cervejas acabará por vencer sua resistência e fazê-lo voltar à noite, perguntando pela excursão especial.

E quando o *barang* voltar, ele não encontrará os funcionários da administração, que já terão fechado a sua bilheteria há tempos. Mas sim um de nós, devidamente vestido com as velhas roupas de prisioneiro do campo, que lhe dará as boas-vindas com uma voz grave e dirá que ele está um pouco atrasado, que o resto do grupo já partiu, mas que ele pode alcançá-los se o seguir. O *barang* então rirá consigo mesmo das manchas de sangue e carvão nas roupas do falso prisioneiro, achará aquilo meio kitsch mas divertido, e seguirá aquela figura que representa tão bem seu papel, caminhando de cabeça baixa sob a lua cheia enquanto se aproxima da entrada dos túneis que levam às catacumbas, os mesmos que estavam fechados para visitação durante o dia. O *barang* se sentirá especial por estar ali, só ele, desfrutando de uma atração turística única de uma forma que nenhum japonês poderia haver imaginado. E, pelo menos desta vez, ele terá razão em se sentir assim.

Pois ao entrar dentro dos túneis o *barang* pensará que sim, aquilo que está fazendo é *the real thing*, e sentirá um pulso de adrenalina nas veias ao ver desta vez não só caveirinhas organizadas em pilhas harmônicas, mas ossadas em desordem, clavículas e fêmures e vértebras quebradas, algumas ainda com restos mumificados de carne presos às apófises. Ao caminhar pelos túneis, ele tropeçará em costelas soltas e chutará falanges perdidas enquanto os ratos em profusão vocalizarão sua comoção coletiva com a chegada do visitante. Já sentindo um pouco de medo legítimo, o *barang* só respirará aliviado ao ouvir as vozes mais adiante e pensar que por fim se aproxima do resto do grupo. Então ele chegará à cripta principal e encontrará nossa comunidade generosa e dedicada ao turista, que estará ali reunida em peso para recebê-lo.

E ao ver um novo *barang* chegar nós seremos atenciosos como sempre. Falaremos com ele em nosso ótimo inglês, treinado há anos com tantos outros visitantes, dando-lhe as boas-vindas e informando-lhe que desta vez ele ouvirá a verdadeira história de Choeung Ek.

Não as que lhe contaram durante o dia, fantasias sobre levantes políticos e revoluções, ditaduras e genocídios nas versões tatibitate dos livros de história. E sim a real razão para aquelas trinta mil execuções tão arbitrárias, com motivos pequenos a ponto de gerar desconfiança sobre o esforço dispendido pelo regime para manter campos como o nosso funcionando e exterminar um quarto da população do país. A real história do que aconteceu com tantos presos aparentemente inofensivos, trazidos para cá das mais variadas regiões, consumindo toneladas de arroz em pequenas celas onde se acotovelavam como gansos. Sofrendo torturas despropositadas para que confessassem algo que não sabiam do que se tratava, sem se dar conta de que o importante não era que eles dissessem qualquer coisa, mas que a sua musculatura se alongasse enquanto estavam pendurados nas cordas, de modo a induzir o relaxamento e amaciar as fibras. E também ouvirá sobre como depois do regime e de anos de guerra civil os tempos de fartura se acabaram, sobre como a vida foi se tornando mais difícil, a carne cada vez mais dura e disputada, até a ausência de opções nos forçar a abraçar o turismo como solução.

E quando tivermos terminado de contar nossa história nos aproximaremos de nosso amigo *barang*, bateremos em suas costas e o convidaremos alegremente para o banquete que se inicia, uma cortesia da casa que não estava mencionada no folheto. Sairemos de nossos esconderijos nas sombras e nos juntaremos ao redor da mesa, no centro da qual ele terá o privilégio de ocupar o lugar de honra. Passaremos a noite em festa, alegres por mais uma celebração de costumes típicos, de comida abundante, de sangue novo nas veias, da qual nosso visitante poderá desfrutar de formas que nenhum guia turístico poderia ter lhe sugerido. Cientes de que assim estaremos cumprindo uma vez mais nossa missão de reverter o interesse do turista em benefícios concretos, palpáveis e palatáveis à comunidade local e às suas tradições, como o *barang* sempre defendeu. E o que é melhor, fazendo isso sem deixar de conceder-lhe a experiência que mais desejava ao visitar nosso país: a de integrar-se de corpo e alma ao nosso povo, realizando seu sonho de seguir nossos costumes, de provar o que comemos, de tornar-se carne da nossa carne para enfim poder dizer que faz parte do lugar.

O ano em que nos tornamos ciborgues

O ano em que nos tornamos ciborgues começou como o lampejo de um futuro glorioso, em que não haveria mais conflito ou injustiça. Um futuro em que seríamos irmãos, sob a luz clara e transparente de uma causa. Um novo tempo em que nos daríamos as mãos e nos encararíamos nos olhos, despidos de vergonha e preconceito. E quando as primeiras balas da polícia em resposta a esse futuro nos trouxeram para as ruas, todos tivemos certeza de que não havia opção senão abrir caminho para que ele chegasse.

Foi nessa época que deixamos as aulas para ir às assembleias, e as assembleias para ir às passeatas, e as passeatas para ir às reuniões secretas, depois que os membros da polícia começaram a se infiltrar nos atos públicos. Revelar nossas intenções passou a ser um risco, e aos poucos fomos criando uma vida dupla, divididos entre a rotina e a revolução. Uma linha tênue em que nossos papéis cotidianos eram cada vez mais uma fachada para o que realmente éramos e queríamos, mas que só podia ser dito no momento oportuno.

Por conta disso, inventamos códigos para nos reconhecermos em um mundo tão complicado, em que só o que havia de certo era a identidade do inimigo. Três batidas ritmadas na mesa eram um sinal de atenção, uma senha discreta para ver se algum dos nossos levantava a cabeça, olhava ao redor, ajeitava discretamente o cabelo entre as orelhas. Se o reconhecimento ocorresse, alguns minutos depois um encontro rápido à meia-luz definiria as ações dos próximos dias, assegurando uma atuação coesa entre as células do movimento.

Durante esse tempo, pude intuir que você sempre esteve por perto. Trocamos olhares velados em meio à multidão, soubemos da existência um do outro pelos relatos de companheiros, nos imaginamos como autores das mensagens em código que indicavam nossos próximos alvos. E se uma voz desconhecida soava em meio a um protesto para me avisar da chegada da polícia, eu por vezes chegava a imaginar que fosse você. Antes que eu pudesse sabê-lo, no entanto, as bombas de efeito moral soterravam qualquer outro som, e a fumaça nos forçava a correr por segurança com o rosto mergulhado em vinagre enquanto sua imagem se desvanecia em minha mente.

E se hoje tenho a impressão de que a conheço desde sempre é porque talvez de fato tenhamos andado próximos. Mas na época não havia pressa em nos encontrarmos: tínhamos ideias maiores e sabíamos que havia tempo adiante, que o futuro era promissor e infinito, que o corpo podia esperar. Que podíamos perder o tempo que precisássemos acendendo sinalizadores, quebrando vidraças de bancos e fabricando explosivos enquanto alguém gritava palavras bonitas ou as escrevia nas paredes, sempre pedindo o impossível. Porque o impossível era o óbvio, e todo o resto seria possível depois que ele chegasse.

Então vieram os primeiros mártires da repressão, as primeiras fotos de cadáveres nas notícias, as primeiras ocorrências que nos mostraram que não havia solução política possível. Que seguir pactuando com a violência do Estado não era uma opção, e que ir à luta exigiria a renúncia daquilo que tínhamos sido. Foi então que deixamos nossas casas e nos tornamos fugitivos, agregados em residências transitórias, conectados uns aos outros por mensagens entregues em segredo entre os pequenos grupos em que nos pulverizamos.

Em poucos meses, deixamos de ser estudantes promissores para nos tornarmos alvos móveis em constante transformação. Em um velho apartamento desocupado, estabelecemos nossa célula e adotamos uma rotina rígida de treinamento, planejamento de ações e disseminação de ideias, dormindo em colchões espalhados no assoalho entre os cartazes e panfletos despejados pela gráfica dos fundos. Respirando dia após dia a revolução e reforçando mutuamente nossas certezas, para que a ninguém ocorresse a ideia de voltar atrás.

Durante esse tempo, seu paradeiro passou a existir apenas em minha imaginação. Em meus sonhos, você estava sempre em algum outro canto da cidade, burlando o esquema de segurança dos eventos oficiais, quebrando o asfalto das ruas para impedir o acesso das escavadeiras, plantando evidências falsas para desorientar a contrainteligência. E enquanto eu me refugiava da polícia no sótão de um prédio condenado, torcendo em silêncio para que as sirenes se afastassem, eu sabia que fazia aquilo por nós dois. Que se ambos nos arriscávamos e sofríamos, andando em círculos um à frente do outro, era somente para construir um mundo em que não haveria mais distância a nos separar.

Mas no auge da dispersão algo viria a nos unir novamente, e nos levaria a juntar forças por uma causa maior. Os desalojamentos no centro da cidade estavam anunciados havia meses e vinham sendo protelados graças à nossa pressão. Mas depois de mais um policial ferido, no que tínhamos certeza de ser um acidente, a conspiração da mídia tornou-se mais pesada, e dobrar-nos passou a ser uma questão de honra para o governo. Talvez esse tivesse sido o momento ideal para desaparecer, ressurgir em um lugar diferente e continuar a luta de outra forma. Mas cada palavra na capa dos jornais alimentava nossa revolta, e a derrota não se apresentava como opção. Foi assim que nos armamos para o confronto.

Se estivéssemos nas ruas na noite anterior, teríamos percebido a tensão na cidade: as lojas que fechavam mais cedo, a truculência dos policiais nos bares, os tanques que cruzavam o asfalto. Mas estávamos enfurnados em esconderijos, por demais ocupados com nossos próprios discursos. Havia chegado a hora de mudar de estratégia, e o esforço antes despendido nas ações de guerrilha, nas desconstruções poéticas, nos protestos descentralizados, agora deveria se concentrar em um mesmo objetivo. Tínhamos de nos unir para nos tornarmos lâmina contra o poder implacável do capital, que ameaçava colocar abaixo uma comunidade sob suas escavadeiras em nome de um suposto progresso.

Foi sob esse coro que os explosivos foram distribuídos pela célula de artilharia química, com seu funcionamento explicado em detalhes para que não houvesse erros. Estávamos preparados para resistir, e uma tentativa de invasão contra a vontade dos moradores seria retribuída com o inferno. Ainda que nenhum de nós tivesse a exata dimensão das consequências, dessa vez estávamos todos unidos em nossas intenções. Mesmo que absortos e silenciosos, mais graves do que de hábito, concentrados na antecipação de um dia em que amanheceríamos para sempre diferentes.

Antes do nascer do sol, fomos recebidos por nossos contatos na comunidade e nos espalhamos entre as casas no pé do morro, junto ao viaduto demolido, aguardando a chegada das forças do exército. Você também estava lá, observando os moradores montarem suas barricadas e os blindados se aproximarem sob a ventania dos helicópteros. Estávamos orientados a permanecer sob o controle do líder da divisão, pois a munição pesada nos forçava a uma disciplina à qual não estávamos acostumados. E desconfio que você, assim como eu, tenha tremido ao ver os tanques avançarem sobre as barreiras humanas, anunciando que o momento havia chegado.

Não houve negociação nem aviso, apenas o movimento bruto do metal sobre o asfalto, pegando os manifestantes de surpresa e fazendo com que a resistência se desmontasse em pânico. Os poucos que permaneceram nas ruas, ainda que bravos, não passavam de corpos frágeis e indefesos frente aos soldados. Escondidos em nossos postos, subitamente nos vimos como a próxima e última linha de resistência contra um poder maior. E naquele momento soubemos que o caminho era sem volta, e que não havia escapatória senão nos entregarmos ao percurso que tínhamos escolhido.

O que não sei, e provavelmente jamais saberei, é quem terá acendido o primeiro foguete sinalizador quando o exército cruzou a rua que dava acesso ao morro. Poderia ter sido até mesmo você, e ainda que fosse ninguém poderia acusá-la de nada. Pois no fundo aquela era a consequência natural de nossos atos: em algum ponto, alguém precisaria falhar para dar origem ao desfecho heroico com que sonhávamos. Cercado por todos os lados, o movimento inevitavelmente haveria de se chocar contra a sólida parede do Estado. E não eram poucos entre nós os que desejavam havia tempos ser consumidos por essa explosão fulgurante.

Em meio à confusão da entrada dos soldados, o sinalizador detonado acabaria apontado contra a janela de uma das casas que serviam como depósito de armamento. Com a primeira caixa de explosivos detonada pelo impacto, o incêndio logo começaria, e o aumento da temperatura faria com que as próximas levas explodissem espontaneamente nas casas vizinhas. Às pressas, dezenas de nós saíam correndo dos esconderijos, buscando as ruas com nossos rostos cobertos pelas máscaras de fumaça. Era apenas um acidente, mas em meio às explosões e à correria nossa retirada se travestia em um ataque de artilharia pesada, com o fogo se alastrando como num espetáculo pirotécnico.

Foi então que, acuados pela sequência de explosões, os homens do governo começaram a atirar, enquanto corríamos sem direção pelas ruas da comunidade. Ao nosso redor, o fogo ganhava os fios de luz e espalhava a destruição, derrubando paredes sob o peso invisível das chamas. E enquanto manifestantes e moradores se precipitavam morro acima em desespero, a saraivada de tiros e granadas atrás de nós deixava claro que tínhamos ido longe demais.

Enquanto você corria, alvejada na perna, deve ter percebido que ao seu lado eu tentava conter o pânico geral, olhando estarrecido para o movimento em cascata e me recusando a acompanhar a multidão. Talvez você tenha mesmo tentado gritar para me avisar do que me esperava, mas já não era possível ouvir ninguém. Então permaneci ali, estático, em uma derradeira tentativa de manter o controle. Até que a rajada de ar comprimido fosse disparada contra mim, detonando os explosivos que eu carregava e partindo minha mão direita em dezenas de pedaços, em um estouro que me levaria do apogeu do ruído ao silêncio absoluto.

Muito tempo depois, eu ficaria sabendo sobre os eventos que se seguiram, juntando as peças do quebra-cabeça por meio dos fragmentos contados pelos enfermeiros e das notícias dos jornais. Com esforço, tentaria entender o que eles queriam dizer com anistia, buscaria compreender as novas configurações, reagiria com desgosto à Conciliação que se formava para garantir a segurança da cidade. Olharia perplexo para as imagens dos líderes do movimento apertando as mãos de nossos piores inimigos em nome da trégua, com cargos garantidos nas comissões do Ministério dos Direitos Humanos. E sentiria tudo aquilo como um castigo pior do que o tempo no hospital, o tanto que havia se perdido feito mais doloroso pelo pouco que se havia ganho.

Mas isso só viria mais tarde. Porque logo depois da explosão, o mundo exterior desapareceu sob uma enxurrada de corredores brancos, médicos que se sucediam em perguntas desconexas, exames em túneis magnéticos. Que logo foram seguidos por repórteres com câmeras, representantes engravatados do governo e palavras conciliatórias que eu não chegava a entender. "Ganhamos a guerra?", eu me lembro de perguntar, mas não houvera guerra, pelo que eles diziam: apenas desavenças, mal-entendidos e um terrível acidente. Eu sentia que precisava discordar, contar como os homens de farda tinham avançado sobre nós, denunciar os tiros que haviam ressoado em meio às explosões. Mas naquele momento me faltavam forças para responder.

Talvez minha confusão fosse um efeito colateral dos analgésicos, que me sedavam do despertar ao anoitecer fazendo ambos parecerem uma coisa só. Ou uma consequência da tontura de tentar me adaptar à audição perdida com a explosão, que fazia com que as palavras se misturassem em um burburinho sem nexo. Mas enquanto o universo revolvia em torno da minha cama no hospital, eu já não tinha olhos para o meu entorno nem para a multidão que me acompanhava. Pois toda a minha atenção estava concentrada no espaço vazio onde antes havia meu braço direito, cuja falta meu ser embebido em morfina contemplava com plácida indiferença.

Foi nesse estado de semi-inconsciência que nos ofereceram as próteses. Lembro pouco das informações que nos foram dadas, e minha recordação mais nítida é a dos entusiasmados cientistas de branco que nos visitavam, ansiosos por saber detalhes do quanto eu sentia a presença do braço que me faltava. Lembro-me de descrições complicadas de captadores de ondas cerebrais e de testes promissores em ratos e macacos, contra os quais ainda tentei protestar debilmente. Cheguei a pressentir que, em alguma outra ala do hospital, você também tentava se levantar em defesa das cobaias, mas nossas vozes não eram ouvidas. Já éramos personagens de um jogo maior que nós, como aliás sempre tínhamos sido — exceto que agora, atados à cama, não nos era mais dada a opção de fugir dele.

Lembro-me ainda de assinar dezenas de formulários, termos de consentimento e questionários padronizados, assegurado pelos cordiais cientistas de que tudo estava sob controle. E não sei se minha incapacidade de resistir era desespero, derrota ou simplesmente um efeito da morfina, da indiferença tranquila que parecia abarcar todos naquele lugar. De uma hora para outra não havia mais conflito: por parte da imprensa, dos médicos e dos vigilantes do hospital, tudo eram apenas sorrisos, e éramos tratados como os símbolos de um novo país. Tudo o que havíamos sonhado, no fim das contas, só que exatamente ao contrário. E foi entre opiniões auspiciosas que iniciamos nossa jornada rumo ao bloco cirúrgico, onde as vozes suaves dos enfermeiros nos garantiam que tudo acabaria bem.

Quando voltei a mim depois da cirurgia, a primeira coisa que lembro é o ruído terrível que transbordava da minha cabeça. No primeiro dia, achei que fosse morrer, até que os médicos resolveram adaptar as configurações do implante auditivo para níveis mais humanos. Foi só quando o volume diminuiu que me lembrei de olhar para o meu braço, e constatar que o espaço vazio continuava ali. Aos gritos, perguntei onde estava a prótese que me haviam prometido. Acusei-os de fazerem experiências com meu corpo, bradei que iria denunciá-los. Mas com um sorriso educado, os médicos me disseram que essa seria uma etapa posterior, que por enquanto só havia a placa. "Placa?", eu perguntei, e ninguém me respondeu nada. Mas olharam para minha cabeça, e colocando a mão sobre ela eu senti a falha no couro cabeludo, e os dois orifícios circulares que se escondiam sob o curativo.

Nos dias que se seguiram, a cacofonia seguiu sendo a linguagem dominante. Em meio ao ruído, eu passava horas diante do espelho, apalpando a cicatriz em minha cabeça e tentando entender o que havia se passado. Lembro-me vagamente dos médicos tentando me explicar a situação e detalhar as fases seguintes do processo, mas a voz deles se perdia em meio à distorção. Eu tinha de me adaptar à nova cóclea antes de iniciar o treinamento, eles me diziam. Mas tudo aquilo só aumentava minha sensação de revolta por ter sido usado como cobaia, à medida que a redução gradual da morfina me fazia voltar a mim.

No quinto dia, despertei com a sensação nítida de ouvir um pássaro cantando em plena unidade de terapia intensiva e, me escondendo sob o travesseiro, praguejei contra aquilo tudo, acreditando que começava a alucinar. Mas então levantei os olhos e vi que havia mudado de quarto, que a sala de recuperação tinha dado lugar a um aposento grande, quase confortável, em que a luz do sol entrava pela janela. Levantei-me com dificuldade, cambaleei até o parapeito e olhei para a rua pela primeira vez em semanas. E quando enxerguei as árvores lá fora, vi que os pássaros de fato estavam lá, e que a cidade permanecia intacta atrás deles. O que era ruído começava a aclimatar, me trazendo de volta uma lucidez nem tão bem-vinda, através da qual os fatos das últimas semanas começavam a se organizar.

À alienação dos primeiros dias se seguiu uma fase de vigília paranoide, em que comecei a desconfiar de todos ao meu redor: por que, afinal, aqueles que sempre tinham nos oprimido se mostravam atenciosos? Ao revisar os formulários que havia assinado, tive certeza de que fora vítima de uma lavagem cerebral, de que por um truque sujo o governo tinha conseguido levar a melhor sobre nós. Por várias vezes exigi fazer contato com membros do movimento e entidades de proteção dos direitos humanos, mas me informaram que eu não estava autorizado a receber visitas. Também tentei denunciar o truque aos repórteres, mas a mídia havia sido impedida de entrar no hospital, em nome da ética do experimento que ali transcorria, até que estivéssemos aptos a iniciar nossa recuperação.

Imagino que em algum outro quarto daquela ala, igualmente perplexa e desesperada, você pedia ajuda para sair da cama, olhando para o próprio rosto sem reconhecer a si mesma. E talvez fosse seu o corpo desenhado nas matérias que se repetiam na televisão, explicando a cirurgia que faria com que os manifestantes voltassem a andar, tornando-os novamente cidadãos de uma suposta democracia. Tudo isso me causava asco e raiva de mim mesmo por ter me tornado um garoto-propaganda daquilo que mais odiava, por ter sido cooptado em meu momento mais frágil. Mas então eles entraram novamente no quarto, médicos e políticos e repórteres e tudo. E disseram que iriam me apresentar ao meu braço.

Depois dos flashes, dos discursos, das explicações dos médicos e do agendamento das sessões de neuroterapia, eles foram todos embora, e ficamos nós dois na sala. Eu e um amontoado de engrenagens sobre a mesa de cabeceira, que sob todos os aspectos parecia um braço-robô desprovido de dono, um apetrecho roubado de um androide incauto. Um monte de metal que não era eu, entregue como um presente magnânimo do governo para reparar de forma tosca o que os tiros me haviam arrancado. Sem tocá-lo, deixei-o sobre a mesa com desprezo e fui pegar um copo d'água com o braço esquerdo.

No dia seguinte, os cientistas vieram pela primeira vez. Desenrolaram os fios verdes e vermelhos que circundavam o braço mecânico, com uma pompa desnecessária para as circunstâncias. Mas em vez de ligá-los na tomada, eles vieram até o meu lado. Com um empurrão do braço que ainda tinha, tentei afastá-los, por pouco não derrubando a cadeira em que estava sentado. Mas o enfermeiro correu para me segurar, e enquanto ele me continha os cientistas conectaram os fios aos dois orifícios na minha cabeça. *Connection successful*, disse um letreiro luminoso subitamente surgido entre as engrenagens. Eu gritei para me proteger e, ao fazê-lo, constatei perplexo que os dedos do braço mecânico sobre a mesa se abriam, como se uma estranha comunicação tivesse se estabelecido entre nós.

No primeiro dia de exercícios, recusei-me terminantemente a colaborar. Não aceitaria presentes do governo, e preferia usar minha deficiência como uma marca, uma tatuagem indelével para que todos soubessem o que havia se passado. Mas os médicos responderam a isso diminuindo o corpo de enfermagem: no dia seguinte, já não dispunha de ninguém para me ajudar a me vestir e fazer as refeições. Quando reclamei à direção, recebi como resposta um papel assinado de meu próprio punho, declarando-me ciente de que o apoio à minha deficiência estava estritamente atrelado ao meu esforço em superá-la. E depois de dois dias em que tentei em vão me vestir com um braço só, lutando contra a bata do hospital enquanto rangia os dentes, entendi que eu não tinha alternativa senão negociar.

Quando disse aos médicos que me dispunha a cooperar, colocaram na minha frente uma bolinha de borracha azul e um copo grande de acrílico.

Meu progresso não foi rápido, mas foi menos doloroso do que eu imaginara. No princípio, olhei a geringonça mecânica afixada ao meu corpo com raiva, e exercer controle sobre ela, mais do que uma necessidade prática, era uma ânsia de demarcar território. Nos primeiros dias, tudo o que houve foram incontáveis tentativas, primeiro de abrir e fechar os dedos, depois de segurar a bolinha, e por fim de colocá-la no copo, repetitivas o suficiente para me levarem à exaustão. Aos poucos, porém, os gestos foram se tornando mais fáceis sem que eu conseguisse explicar por quê. E à medida que eles se tornavam funcionais, passei a usar o braço como um serviçal para as tarefas banais ao meu alcance: colocar a bolinha no copo, alcançar um objeto à distância, puxar os lençóis para perto de mim.

Com o tempo, comecei a tratá-lo com naturalidade, como alguém que lentamente se afeiçoasse a um empregado. E enquanto eu lutava para aprimorar a preensão, segurar objetos mais complexos, aumentar a amplitude dos movimentos, era cada vez mais comum olhar para as engrenagens como uma extensão do meu corpo. Perto dali, você começava a caminhar — primeiro até a porta, em seguida em volta do quarto, depois até o final do corredor — ao mesmo tempo em que se esforçava para exercitar com luzes piscantes uma retina que não era a sua. E tudo isso acontecia a algumas dezenas de metros de mim, mas não chegava a aliviar a distância entre nós, alimentada por nossas carências distintas, nossas faltas díspares e complementares.

Por volta daquela época, quando os exercícios tornaram-se menos intensos e começava a fase de readaptação, fomos transferidos para a pensão no topo do morro, com suas árvores altas, seu ritmo lento, sua aura colonial propícia para convalescentes de luxo. Nossa saída do hospital foi acompanhada com furor pelos repórteres, e nos quatro cantos do mundo circularam notícias sobre nós, os revoltados acolhidos de braços abertos pelo novo país do futuro. A contragosto, vi nossas fotos estampadas nas versões oficiais da história, com o panorama de cartão-postal da cidade ao fundo.

Incomodado pelas câmeras, me enfurnei em meu quarto ao chegar na pensão, e só depois de vários dias tomei coragem para sair. Devagar, fui me aproximando do pátio por força do tédio, à medida que os exercícios iam se tornando cada vez mais automáticos, repetições exaustivas para aprimorar os algoritmos de decodificação e otimizar movimentos. Com o tempo, porém, fui criando gosto pelo espaço amplo entre as árvores. E aos poucos passei a gastar minhas tardes à beira da piscina, levando um livro ou simplesmente sentando com os pés na água, numa adaptação ainda hesitante à ideia de existir sem um objetivo claro.

Tenho certeza de que você haveria de andar nas redondezas por essa época, talvez até hospedada na mesma pensão. Mas, por algum motivo, quis o destino que mais uma vez não nos cruzássemos. E a vida progrediu num passo lento e preguiçoso, sem obrigações além de aperfeiçoar o que já se havia aprendido. Até que um dia, ao deixar cair por acidente um livro sobre o braço mecânico, eu gritei. Não entendi por quê, já que não sentia dor. Mas gritei, de toda forma, e logo me envergonhei de confundir os limites do meu corpo com um resquício de androide que não deveria ser eu. Ao meu lado, o chefe da equipe médica esboçou um sorriso.

No dia seguinte, disseram-me que minha reabilitação estava concluída, e que eu estava livre para ir embora.

Minha alta é no fim da tarde, e já escurece quando eu transponho os portões da pensão, encerrando meu tempo de convalescença. Quando os médicos me desejam bom retorno à casa, eu sorrio por educação, mas é evidente que já não sei o que a palavra quer dizer. Tendo me tornado um pária por opção em meu antigo mundo, e um pária por força das circunstâncias no mundo que escolhi, já não existe lugar óbvio para me acolher. Mas depois de meses de recuperação, o pouco que aprendi foi que posso me virar sozinho. Lanço um olhar para o braço mecânico, e o abrir e fechar da mão, seguido de um discreto bipe eletrônico, me comprova que ele está ali, pronto, como se respondesse com uma piscada de olho para me reconfortar.

As ruas ao redor da pensão estão calmas: já não se ouvem gritos de protesto nem se percebe a presença da polícia. A sensação é de paz, quase como se tivéssemos vencido a batalha. Ou como se a derrota não fosse tão ruim como pensávamos. E sem saber para onde ir, o que posso fazer é deixar que a cidade desprovida de sentido me diga ela mesma o que ainda pode oferecer. Meu ouvido eletrônico amplifica os sons da rua: o barulho das árvores balançando ao vento, os passos esparsos dos pedestres, as cigarras que sobrevivem à poluição. Mas logo tenho a impressão de ouvir um burburinho de pessoas conversando um pouco adiante, como era comum antes da repressão. Aumentando o volume do implante, deixo as vozes guiarem meus passos, com uma sensação de expectativa à qual já não estava acostumado.

De longe eu avisto o bar, com a pequena multidão reunida em frente. A luz é baixa, amarelada, e minha primeira sensação é a de não conhecer mais ninguém ali, de não ser capaz de reconhecer os rostos familiares ou de separar os aliados dos inimigos. Por algum motivo, porém, isso já não me aflige tanto, e estar incógnito me agrada. E se algo que eu não consigo precisar parece pouco natural no movimento das pessoas, como se qualquer coisa houvesse mudado em seus gestos, essa ausência de familiaridade apenas reforça minha vontade de estar ali.

Ao me aproximar da porta, mantenho o braço mecânico escondido sob a camisa, receoso de que alguém me tome por uma celebridade, um ex-revolucionário, ou simplesmente um aleijão. Mas minha presença ao passar não desperta atenção, seja pela pouca luz ou porque todos parecem entretidos com suas próprias vidas. Desapercebido, penetro no bar e examino o ambiente festivo mas pacífico, algo que jamais poderia ter existido na cidade que eu conhecera. Mas que nesse momento parece estranhamente adequado às circunstâncias.

Nas paredes, as estantes estão repletas de cachaças e licores como antes não havia, nos tempos de penúria e suprimentos cortados. Sinal de que o movimento acabou por perder força, de que o capitalismo triunfou, uma impressão apenas reforçada pelo preço exorbitante das doses. Por sorte, porém, dinheiro não chega a ser uma questão urgente: o auxílio concedido pelo governo para que eu me restabeleça me permite esbanjar um pouco, pelo menos na noite de hoje. Ainda assim, cauteloso, faço um sinal para o garçom e peço a opção mais barata que encontro no cardápio, com o braço mecânico ainda camuflado sob a roupa.

Então o garçom volta ao balcão com a dose de cachaça, e enquanto ele se aproxima reparo em algo estranho que paira acima do colarinho de sua camisa, um ponto escuro que não deveria estar ali. Quando ele me entrega o copo, deixando-o sobre o balcão, eu digo "obrigado", e ele cobre com o dedo o orifício que tem aberto no pescoço para, com uma voz metálica e inumana, responder "não tem de quê". E ao ouvir o ruído grave produzido pela traqueostomia, eu por fim percebo o que me trouxe até aqui, o que me faz bem-vindo, o que explica o que fazemos juntos nesse lugar.

Surpreso pela descoberta, eu olho em volta do balcão, observando as pessoas que à meia-luz bebem ao meu redor. E neste momento, ao menos, tenho a certeza de que somos todos ciborgues. O homem ao meu lado tem o pescoço imobilizado, uma estrutura complicada de pinos na coluna que o faz virar o corpo como um robô desajeitado. Ao seu lado, a mulher que o observa esconde algo atrás da franja, uma cicatriz na testa ou o resquício de uma craniotomia. E à medida que meu olhar segue até o fundo do bar os defeitos vão ficando mais óbvios: um velho sem uma orelha, um homem com uma perna quebrada, outro em uma cadeira de rodas. Todos mutilados, derrotados sabe-se lá em que batalha. E os olhares que retornam a mim tampouco parecem enxergar algo de especial no meu braço mecânico, que agora exposto segura o copo que levo aos lábios.

É nesse momento que escuto os passos metálicos que batem sem sapatos contra o piso, se sobrepondo ao burburinho, como se o som deles entrasse em ressonância com o dos meus próprios pedaços de ferro. Já um pouco tonto pela cachaça e pelo barulho, eu me viro para ver você entrar no bar e a saúdo da maneira que posso, olhando no seu rosto e batendo três vezes com o braço metálico no balcão, o que chama a atenção de alguns dos convivas. Antes que qualquer um deles reaja, porém, é você quem retruca com três passos pesados da perna mecânica contra as tábuas do bar, no mesmo ritmo, deixando claro que fui ouvido. A saudação do movimento, já inútil e em um timbre outrora impensável. Mas um sinal que ainda assim nos une.

Você atravessa o bar e, sem que por um instante eu duvide do seu percurso, chega até o balcão e senta ao meu lado, fitando meu rosto com as duas retinas desiguais: a do olho verde, que eu tenho a impressão de conhecer há tempos, e a do sensor de luz multicolorido que preenche a órbita esquerda. E sem que nada precise ser dito, eu sei que encontrei quem havia procurado durante aqueles longos meses. Reconheço sua postura desafiadora ao se apoiar contra o balcão, seu jeito de mexer no cabelo ostensivamente enquanto fala, seus ombros erguidos realçando a silhueta longilínea que enxerguei de relance em nossas fugas precipitadas. E pouco me importa se o metal da perna exposta sobre o banco me faz lembrar que a silhueta já não é idêntica àquela. Pois eu sei que o corpo que está presente e o que não está são partes suas em medidas iguais. Que uma coisa já não existe sem a outra, e que os pedaços que nos faltam são tão nossos quanto as partes que nos restaram.

O início da conversa é trivial — "você era do movimento, não?", "pois é, acho que estávamos juntos quando as casas explodiram". Mas o assunto é secundário à sua presença, e às ausências preenchidas do que ficou para trás. À medida que a conversa avança, vai ficando claro que sim, poderíamos ter nos encontrado antes. Que talvez sua voz tivesse me chamado em uma nuvem de fumaça, que poderiam ter sido meus os passos que guiaram você ao fugirmos do tiroteio. Mas com nossas gargantas preenchidas pela ardência do álcool, nossos ouvidos saturados pelo rumor do bar, isso não chega a ser tão importante quanto um dia pareceu ser. Pois o que nos fascina, ainda que nos custe admiti-lo, é justamente o que então nos teria faltado: a destreza do meu braço metálico, a posição impossível de sua perna artificial sobre o banco, o brilho atento do seu olho eletrônico, o jeito da sua voz soar em meu detector de frequências. Pedaços e cicatrizes concretas de um passado que se esvai, marcas de uma derrota que nos une como a vitória não seria capaz.

Enquanto sua perna escorrega por baixo do balcão em direção à minha, eu movo meu rosto em frente ao seu sensor de infravermelho, sabendo que meu calor está registrado ali, e ouço sua voz multiplexada em mil frequências como se fosse música. Cercados por uma legião de mutilados, sabemos que esse será o lugar propício para nos encontrarmos, com a paz de quem não tem nada a ganhar. Em pedaços, pedimos mais uma cachaça ao garçom, que sinaliza de volta tocando o orifício no pescoço e emitindo um som incompreensível. E tragando nela a dor e o alívio do fracasso deixamos nossas partes mecânicas se tocarem, antecipando o momento em que estaremos despidos, com nossos pedaços e carências expostas, celebrando a renovação infindável dos encontros. Tendo à nossa frente um futuro que já não promete nada, a não ser a garantia inevitável e preciosa de que o presente há de passar.

Esquecendo Valdès

"E como você inseriria Valdès no contexto da linguística do século xix?", pergunta-lhe o mediador, enquanto ele beberica uma garrafa de água mineral. "É uma obra à frente do seu tempo?"

"Com certeza. Em sua fase madura, ele é capaz de alcançar um relativismo quase impensável na época em que viveu."

"Um precursor do pós-modernismo, poderia-se dizer?"

"Sim, quase isso. É na verdade surpreendente que ele tenha permanecido obscuro por tanto tempo. Não seriam poucos os filósofos que teriam se interessado por sua obra na segunda metade do século xx. Mas Valdès era um linguista periférico, vindo de uma região periférica, esquecido em um país periférico de um continente periférico. E não é surpresa que ele tenha sido descoberto por um historiador periférico."

Ele termina a frase erguendo os ombros em um gesto de autocomiseração. A tirada funciona, evocando algumas risadas no auditório. Como na maior parte das noites, ele tem a plateia de jovens universitários a seu favor.

"Por que você acha que a descoberta de Valdès ocorreu só agora, então?", insiste o mediador, sem saber que faz exatamente a pergunta que importa.

"Bom, talvez tenha sido preciso o século xxi pra inventá-lo, não? Todo período histórico tem os linguistas que merece."

Mais risadas. Seria simples seguir adiante, e dizer que ele não estava brincando. Mas como de hábito, ele não vai além. Se Julia pudesse ouvi-lo, talvez se envergonhasse de vê-lo tão seguro de si. Mas era impossível saber onde Julia estava. O que fazia dele a única pessoa a par da verdade, ali ou em qualquer lugar.

Isso o deixava livre para se espreguiçar confortavelmente no espaço criado pela mentira, que ele era forçado a admitir que tinha lá seus méritos. Recepções atenciosas, vinhos acima da média, plateias atentas e um grau de bajulação que, nas ocasiões em que conseguia superar o constrangimento, ainda chegava a diverti-lo. Mas por quanto tempo ele conseguiria se dar ao luxo de assumir aquela postura antropológica, sem sentir que começava a fazer parte do embuste?

"... sempre?"

Uma pergunta do público, com um sotaque carregado, e mais uma vez ele tinha se perdido em suas ruminações, o que vinha acontecendo com mais frequência nos últimos tempos. Humildemente, ele pede que o espectador repita e se esforça para acompanhar o inglês esforçado em que o sujeito expõe seu raciocínio. Responde de forma educada, mas começa a ficar claro que seu repertório está se esgotando. O mediador parece perceber, e a palestra se encerra pouco depois. Após as mandatórias três taças de vinho, acompanhadas da atenção de um casal de antropólogas que ele adoraria ter coragem de arrastar para um lugar mais reservado, ele logo aproveita uma desculpa para sair à francesa e voltar ao hotel.

Julia viera a uma de suas palestras em uma universidade menor, na época em que seu nome não era conhecido por mais do que meia dúzia de pesquisadores da área. Ao final, pedira para tomar um café nos arredores, mas era evidente que não pertencia ao departamento de História. Ao longo da conversa, ele tentara lançar perguntas para entender de onde ela tinha vindo — e havia falhado em todas. Ela, por outro lado, parecia à vontade para atacá-lo com questionamentos dos mais inesperados.

"Mas como você sabe que não é tudo uma grande armação?"

"O quê?"

"Isso que você acabou de contar. Por que não poderia ser invenção de alguém no século passado? Que em plena Europa tivesse escrito uns documentos forjados pra se divertir. Apenas pra que algum estudioso encontrasse isso mais adiante, achasse que era verdade e começasse a repetir?"

"Como se Platão tivesse inventado Sócrates, por exemplo?"

"Não sei, não sou boa em filosofia...", respondeu ela, para logo calar-se e ocupar-se em andar com os dedos da mão direita sobre o quadriculado da toalha de mesa, saltando as linhas como se fosse uma criança obsessiva.

"Bem, mas você conhece a discussão sobre Sócrates, não? Mesmo que ele não tenha existido, os gregos precisaram inventá-lo, o que é quase a mesma coisa. Assim como aconteceu com Jesus, aliás. E com tantos outros."

"E você acha que realmente não faz diferença se eles existiram ou não?"

A pergunta o fez parar e pensar, enquanto do outro lado da janela a vida no campus seguia alheia à conversa, com seus cafés vegetarianos e seus estudantes carregando livros em bicicletas. Uma vida que lhe causava uma certa inveja de ainda ser capaz de expressar aquele tipo de dúvida.

"Eu sou historiador, não tenho esse direito", respondeu sem muita sinceridade.

"Então me diga, e se a gente inventasse uma língua? Se realmente tentasse, você conseguiria convencer o mundo de que ela existiu?"

Da janela do hotel, ele contempla o recorte dos edifícios por detrás do imenso gramado do aeroporto abandonado, há alguns anos convertido em parque. Tinha sido naquela mesma cidade, cinco verões antes, que ele havia encontrado Julia pela primeira vez. De alguma forma ela tinha conseguido mantê-lo apartado da vida normal que levava na época — se é que ela de fato possuía uma vida normal. Ele sabia vagamente onde ela morava com a família, mas nunca tinha sido convidado a conhecer algum membro dela. A universidade onde ela estudava era minúscula e não possuía departamento de História, e ele teria pouca ou nenhuma desculpa para ir até lá. Encontravam-se quase sempre no apartamento, cujo dono ele sequer conhecera nos três meses em que morara ali. O campo neutro em que ela construía as pistas falsas sobre os Yualapeng e ele planejava onde plantá-las de forma convincente.

Ele se pergunta se aquela discrição, que na época lhe parecera timidez, não era uma estratégia para desaparecer sem esforço quando fosse preciso. Ou melhor, a essa altura já tem certeza disso. O arranjo tinha sido por demais conveniente: depois de inventar a história, ele teria de voltar para a empoeirada vida acadêmica de seu país a fim de divulgá-la. Durante esse tempo, sempre teve certeza de que Julia ressurgiria para revelar a farsa e salvá-lo de um mundo em que tinha passado a existir como celebridade. Cinco anos depois, porém, segue encontrando apenas o silêncio e a adulação bem-comportada do meio universitário.

Olhando os edifícios que se escondem do outro lado do parque, ele pensa que não seria difícil retraçar o caminho: encontrar as duas linhas de metrô que haviam tomado a partir da universidade, as ruas escuras em que tinham caminhado juntos, o cinema caindo aos pedaços que exibia filmes mudos. Depois de tanto tempo, ele já é novamente um estrangeiro na cidade, cuja língua ele mal compreende. Ainda assim, seguir em silêncio os passos daquela noite lhe seria natural, mesmo que fosse apenas por nostalgia. Mas ele hesita, como se arriscasse algo ao fazê-lo, ainda que não entenda bem o quê.

O filme, uma obra bizarra do expressionismo alemão, narrava a saga de uma família circense na Romênia — o pai, a esposa tísica e as três filhas — que excursionava pelo Leste Europeu realizando seus espetáculos. A dança das filhas capturava a energia vital da vegetação ao redor do picadeiro, concentrando-a em um elixir que, jogado de volta à terra, funcionava como um fertilizante extraordinário, e era vendido aos espectadores após o espetáculo. O estado lamentável da grama ao fim da dança, mostrado por closes científicos em preto e branco, funcionava como uma comprovação de que o efeito era real. Subliminarmente, era dado a entender que o elixir continha o sangue menstrual das meninas — o que não poderia ter sido dito às claras em 1930 —, pois os espetáculos ocorriam três vezes por mês, em datas ditadas alternadamente por cada uma delas. E a poção realmente funcionava, ou ao menos era o que mostravam os efeitos especiais de época, com intervalos de exposição longos que revelavam plantas crescendo a uma velocidade incrível. Ainda assim, a família nunca ficava para colher os louros do negócio, e no meio da madrugada partia rumo à próxima cidade. O motivo alegado pelo pai, interpretado por um ator com olhos arregalados que lhe davam um ar de hipertireoidismo, era a efemeridade do elixir, que perderia vigor a cada ciclo lunar — novamente em uma associação implícita com a menstruação. Com isso, se permanecesse por mais de duas semanas em um mesmo lugar, arriscaria ser tomado por charlatão. "A natureza nos obriga a partir", ele dizia em letreiros de cinema mudo enquanto contava o dinheiro e encarava as filhas, seu tesouro e ganha-pão. "Não existe volta para artistas como nós." A história seguia até que a filha mais velha se apaixonava por um camponês local e decidia fugir do circo. Ficando para trás, descobria que a fertilidade das plantas não se perdia, e que as plantações irrigadas com o elixir seguiam verdejantes por meses. Eufórica, ela saía em busca da família para dar as boas-novas, sob os protestos do noivo. Mas o temor de perder as filhas restantes se instaurara no pai, que obrigava o circo a viajar cada vez mais rápido, como que por vingança. Com isso, a primogênita permanecia por anos tentando em vão alcançar a família. Quando o encontro finalmente acontecia, o pai também estava tísico, esgotado pelo deslocamento e à beira da morte. As irmãs rejeitavam a filha desertora, culpando-a pela doença do velho. Ignorando as reprimendas, ela anunciava ofegante sua descoberta sobre o elixir. Mas quando todos pensavam que isso encerraria o filme com um final feliz, o pai revelava, para espanto geral, que sempre soubera disso. E sob o clamor das filhas, que perguntavam por que ele havia insistido naquela fuga cega, ele explicava que, se tivesse se deixado permanecer em um só lugar, as filhas acabariam por traí-lo com um camponês e destruir o negócio familiar. Que a única maneira de manter a família unida tinha sido fazê-las crer que não podiam parar, convencê-las de que outra estratégia era impossível. Que ele havia mentido, mas que o havia feito por amor, pela família, pelo circo. E no monólogo que encerrava o filme, em letreiros que se alternavam com as imagens de seus olhos esbugalhados às lágrimas, ele dizia que a palavra "volta" deveria ser extinta da língua dos homens. Pois para uma família circense não poderia haver outro movimento que não fosse seguir em frente.

Da janela do ônibus, ele vasculha o bairro, tentando encontrar uma referência para se orientar. Mas tudo o que consegue alcançar de familiaridade com a noite de cinco anos antes é o sentimento de estranheza. Imigrantes desconhecidos sentados nos bancos o observam com a certeza de que ele não pertence ao lugar, e o descaso de quem pouco se importa. Um velho de turbante e pele enrugada sentado à sua frente carrega um gato cinza em uma gaiola, sem que nenhum dos dois pareça estranhar a situação. O velho abre a boca e, por um instante, parece querer dizer-lhe algo, mas a impressão logo se desfaz em um galopante ataque de tosse.

Tinha vivido no bairro na época em que este começava a atrair os primeiros hipsters atrás de aluguéis baratos. E a sensação de anonimato proporcionada pelos moradores estranhos dos arredores servira de combustível para o que tinham se proposto tentar. Verdade seja dita, a tarefa tinha sido mais fácil do que parecera a princípio. Em um mundo conectado à exaustão, criar um fato novo se revelara bem mais simples do que suprimir ou substituir algo estabelecido. E para a invenção de línguas inexistentes como um fato histórico, o terreno se mostrara surpreendentemente fértil, e repleto de acadêmicos tão ingênuos quanto interessados em qualquer coisa que se encaixasse em suas convicções.

Com a inserção em uma biblioteca local do livro de Valdès — cuja confecção havia tomado alguns meses de trabalho físico, entre aquisição de materiais, produção gráfica e envelhecimento artificial —, a construção do fato estava completa. Ele nunca questionara onde Julia tinha adquirido aquelas habilidades, que lhe pareciam apenas naturais. Retrospectivamente, a confiança que depositara nela — e em uma ideia que poderia ter destruído sua carreira — era assustadora. Mas fora esta mesma confiança que lhe permitira ir embora, seguro de que mais cedo ou mais tarde ela ressurgiria para desmascará-lo e concluir a história.

Uma freada brusca, porém, lembra-o de que isso não aconteceu. Pela janela, ele vê que acaba de cruzar o canal que demarca o limite do bairro, e um grito não muito amistoso por parte do motorista indica que o ônibus chegou ao fim da linha. Quando começa a se levantar, percebe que o velho bronquítico de turbante segura seu casaco e começa a falar palavras em uma língua estranha, que ele a princípio toma como proféticas. Mas logo fica claro que elas se resumem a um pedido de dinheiro. Algo assustado, ele entrega um par de moedas que carrega no bolso e desce do ônibus, tentando se orientar na rua mal iluminada.

Tinham saído entusiasmados do filme. Sabendo que não iriam para casa tão cedo, pararam em um bar no fundo de uma viela, no qual licores antigos acumulavam-se no balcão, construído a partir do capô de um velho carro da era socialista. Sobre a mesa, lápis de cera e folhas em branco pareciam ter sido deixados especialmente para eles, enquanto das paredes pendiam desenhos de fregueses anteriores, com caricaturas lúgubres de garçons e monstros de cinco olhos saídos de algum seriado japonês. Já meio bêbado da atmosfera, ele começava a se tornar presa fácil para ideias que até pouco antes lhe pareceriam absurdas.

"E se a gente inventasse a língua do cara do filme?", propôs Julia.

"Como assim?"

"Uma língua em que todos os deslocamentos fossem pra frente? Em que a família do circo não tivesse com que se preocupar."

"Inventar uma língua é fácil", respondeu ele com certo exagero, enquanto a garçonete lhe servia um licor preto escolhido aleatoriamente no cardápio, sem esboçar sequer um resquício de sorriso. "O difícil é convencer as pessoas de que ela existiu."

"E como você tornaria isso convincente?"

"Bem... Teria que ser uma língua extinta, um povo que não existisse mais, pra que não houvesse comprovação possível. Apenas anotações de algum linguista ou missionário. Acho que a América do Sul ou a Oceania serviriam. Tribos suficientes pra que ninguém as conheça todas. E genocídio suficiente pra que o desaparecimento de uma delas pudesse passar desapercebido."

"Parece perfeito. Podemos começar amanhã?"

Ele respondeu com uma risada sincera, que se misturou sem esforço à música do jukebox. Ainda assim, o ambiente improvável lhe sugeria, mesmo que de leve, que Julia poderia não estar brincando. E já quase torcendo para que fosse o caso, ele resolveu levar a conversa adiante para descobrir até onde ela estava disposta a ir.

"Como assim?"

"A construir a evidência. Quando você disse que voltava pra casa mesmo?"

"Em dez dias."

"Acho que deve demorar um pouco mais do que isso... Você tem como chegar uns três meses atrasado?"

O impacto da descoberta dos Yualapeng fora imediato: nos círculos pós-modernistas, a história dos nativos para os quais todas as trajetórias eram circulares soara como uma sinfonia executada por harpas angelicais. E o fato de que a evidência concreta para a existência do idioma fosse ínfima parecia fazer pouca diferença para sofistas pós-factuais, mais interessados em uma história que favorecesse suas paixões relativistas do que em acontecimentos concretos. De filólogos a neurocientistas, choveram convites para que ele fosse falar sobre a obra de Valdès em diversos continentes, e o estudo das particularidades do Yualapeng foi adotado em pós-graduações de vocação interdisciplinar, para o desespero de engenheiros e físicos forçados a cumprir disciplinas de estudos sociais da ciência. Cada notícia dessas fazia com que ele sorrisse por dentro, pensando o que Julia diria se estivesse por perto.

Mas seu caminhar anônimo entre vitrines de açougues e barbearias deixa claro que sua celebridade existe apenas no jardim de canapés do meio acadêmico. Cinco anos passados, ele se dá conta do quão ingênuo tinha sido em pensar que transformar aquele mundo enclausurado era particularmente importante para Julia. Ao que lhe consta, ela poderia muito bem ter se desiludido com a ideia logo após sua partida, e encontrado alguém mais para propor outra ficção que lhe aprouvesse. Não seria impossível que andasse agora mesmo entre as mulheres de cabeças cobertas que surgem a cada esquina, com suas sacolas de compras em mãos, indo encontrar um marido que lhe gritasse coisas em árabe.

O desaparecimento de Julia tinha feito dele um estrangeiro permanente. Pois ter voltado para encenar a ficção de Valdès — que ele sequer podia chamar de sua — tinha lhe enterrado de vez no ambiente universitário que habitava. Um mundo em que passaria a transitar sem dificuldade, mas que reconhecia cada vez mais como falso, oco e repleto de palavras vazias e mentiras — das quais ele mesmo era o exemplo mais bem-acabado. Uma fábula que o levava eternamente de volta àquilo que pretendia criticar. E se agora ele retornava ao bairro, para seus locutórios telefônicos, anúncios de transferência de dinheiro para o Terceiro Mundo e paradas de ônibus caindo aos pedaços, era para tentar encontrar algo que o empurrasse em outra direção.

E mesmo que o aspecto prosaico das vitrines não combine com o caráter irreal da noite em que conhecera Julia, a familiaridade com o entorno vai lhe dando certa confiança, como se as lavanderias ao seu redor tivessem algo de diferente das de alguns quarteirões atrás. É óbvio que o bairro já não é o que conhecera: aos imigrantes que ainda transitam pelas ruas, soma-se uma multidão de jovens altos e loiros em busca de diversão. E os preços dos cafés cheios de produtos orgânicos que pipocam pelas esquinas em nada lembram os das lanchonetes turcas que ainda sobrevivem. Até que, na interseção de duas ruas, ele reconhece a viela escura que desemboca no lugar que buscava. Sem conter a excitação, segue o trajeto até a entrada do bar, cujo letreiro iluminado pela metade ele reconhece instantaneamente.

"O cronograma é esse", disse Julia, e em minutos havia rabiscado uma lista de etapas nos papéis sobre a mesa, como se pensasse naquilo há meses. Ele acompanhava estarrecido, tanto por se dar conta de que ela falava sério como por perceber que não tinha opção senão aceitar. E já elaborava mentalmente as desculpas para pedir dispensa ao departamento, com seus cursos começando em menos de um mês, enquanto pedia uma nova dose da bebida cor de petróleo.

"Não se preocupe, eu posso produzir um atestado falso", ela disse, como se adivinhasse suas preocupações. "Mas tem algo que me preocupa mais."

"O quê?"

"Você", disse ela, apontando para o rosto dele. "Você não parece ser o tipo de pessoa que seguiria em frente com o circo. Pelo contrário, você tem cara de ser o primeiro a voltar. Aliás, não é à toa que já tenha começado a pensar nisso. Não vai soar convincente como descobridor dessa língua."

"Tudo bem, então convide aquele cara ali", respondeu ele, apontando discretamente para um sujeito de barba ruiva e ar de motociclista que, parado junto à saída de emergência com sua jaqueta de couro, parecia uma relíquia dos anos setenta em exposição.

"Ei, eu estava falando sério", disse ela, parecendo legitimamente ofendida. "Mas espera, isso não é um problema. Nós vamos achar uma língua melhor pra você."

E com isso apanhou lápis e papel e iniciou uma demonstração prática, desenhando uma linha reta que ia em direção ao ruivo barbudo, em cuja boca a garçonete agora servia uma bebida diretamente da garrafa, no que parecia ser alguma espécie de tradição local.

"Onde você acha que essa linha vai dar?"

"No inventor do seu novo idioma?", arriscou ele, apontando com um sorriso para a cena insólita.

"Tente de novo."

"Hm... Na porta de saída?"

"Exatamente o erro que se esperaria de um ocidental como você. Porque a saída só existe na sua língua, cara-pálida. Quando você acha que está indo..." E enquanto falava fez a volta na mesa com o lápis, desenhando embaixo do tampo como se contornasse o globo terrestre, e voltou calmamente ao ponto de partida.

Ao entrar no bar, a sensação de estranhamento novamente o atravessa, mas de forma distinta. O ambiente iluminado comporta mesas cheias de jovens bem vestidos, em que não há sinal dos lápis de cera e papéis com que tinham desenhado. Atrás do balcão, as garrafas de *raki* deram lugar a frascos coloridos e copos de designer. Em vez de ignorá-lo, a garçonete o cumprimenta com um sorriso e se apressa em trazer o cardápio. Ele apanha-o, desorientado, mas a começar pelos preços logo vê que não tem muito a fazer ali. Tentando ser discreto, levanta-se da mesa como se fosse ao banheiro e envereda pela saída de emergência, a mesma para a qual a linha de Julia apontara cinco anos antes. E só depois de estar na rua é que para e pensa que a gentrificação do bairro é inevitável, e que já deveria ter intuído que o lugar não seria o mesmo.

Sem perder as esperanças, porém, segue à risca seu mapa mental, contando duas quadras à frente e três à direita para chegar até o edifício onde havia morado. No caminho, passa pelos contêineres de lixo reciclável onde tinham conseguido os móveis, pela ferragem onde haviam comprado a parafernália para envelhecer os livros, pelos açougues em que costumava observar os muçulmanos fatiando os corpos de ovelha pendurados no teto. Mas o aspecto das ruas parece hesitante em confirmar suas lembranças, e ele permanece no limbo entre o presente e a memória até chegar à escadaria familiar.

Ao lado da porta trancada do edifício, ele olha os nomes no interfone. Apesar de os apartamentos não terem número, ele sabe de memória a posição do botão correspondente ao que havia habitado. O sobrenome escrito nele é estrangeiro e impronunciável, mas a inicial do primeiro nome é um "J". E se ela houvesse trocado de nome, e morasse ali junto com alguém mais? A ideia lhe causa um desconforto súbito, como se alguém deslizasse um dedo sobre seu pescoço e pressionasse de leve. Mas tendo vindo até ali, ele já não tem como evitar tocar a campainha. E quando trinta segundos não são suficientes para lhe dar resposta, ele o faz de novo, e uma vez mais, até ouvir os passos descerem a escada.

Instantes depois, a porta se abre. Atrás dela, surge um sujeito paquistanês ou marroquino, cujas chances de falar inglês parecem ínfimas. Sem saber como explicar sua presença àquela hora da noite, ele limita-se a dizer o nome de Julia, estendendo as palmas para cima. O homem parece entendê-lo, e consegue amealhar disposição para responder com um "não" seco. Em um último impulso, ele agarra-se à possibilidade de que o tipo seja o marido dela. Mas a aparição de uma senhora de toalha na cabeça, que pergunta em urdu ou árabe o que se passa, logo o dissuade dessa possibilidade. Desistindo dali, ele apenas assiste a porta bater com um estrondo. Mas a decepção não é suficiente para fazê-lo se esquecer de que ainda há um último recanto para procurar.

Deitada sem roupa sobre o colchão, improvisado sobre o chão de parquê como se tivesse esperado a noite inteira por eles, ela parecia reparar em algum detalhe imperceptível das mãos dele enquanto brincava distraída com as articulações de seus dedos. Ainda desnorteado pelo que se passara ao longo da noite, que àquela altura começava a flertar com um início de manhã, ele contemplava incrédulo a naturalidade dela frente a tudo aquilo.

"Você tem mãos de escritor", disse ela.

"Bom, eu digito bastante. E mais ou menos rápido. Fiz um curso de datilografia quando era criança."

"Não, não por isso."

"Dito isso, não sei se consigo inventar uma língua sozinho", disse, pensando que começava a sentir frio, e que talvez valesse a pena arrastar o colchão até o aquecedor na parede.

"Você não precisa escrever pra inventar uma língua."

"Como assim?"

"Olhe em volta."

Ele seguiu a orientação dela, ainda que a escuridão o impedisse de enxergar muita coisa. O apartamento era evidentemente antigo, e o pouco que havia nele era uma mistura sem nexo de mobília velha e objetos decorativos.

"O que você vê?"

"Um refrigerador velho. Cartazes dizendo qualquer coisa sobre a liberação da Palestina. Uma estante vazia. Manchas de mofo no teto."

"Esse apartamento deveria estar vazio. Talvez você mesmo esteja inventando essas coisas agora."

"Eu estou vendo um refrigerador bem na minha frente. Mais do que isso, eu estou escutando o ronco tosco dele desde que a gente chegou aqui", disse ele com absoluta sinceridade.

"Tudo bem, agora é fácil dizer que ele está ali. Mas pense em amanhã, em depois, no dia em que a gente sair daqui. Tudo isso vai ser uma memória. Que por um tempo vai ser feita de imagens. Mas com o tempo essas imagens vão se transformar em palavras. E quando mesmo as palavras começarem a se embaralhar na sua cabeça, o que vai sobrar? A impressão de uma língua. E a convicção de que algum dia ela existiu."

"Não é metafísica demais pras cinco da manhã? Tá ficando frio."

E por conta disso esticou o corpo para puxar o cobertor, e ao fazê-lo vislumbrou o céu pela janela a tempo de ver que os primeiros flocos de neve começavam a cair.

"Pois é, acho que a gente vai ficar preso aqui por um tempo", ele disse, e as palavras restantes foram abafadas pelo cobertor, enquanto ele esquecia idiomas e refrigeradores para se aninhar contra o corpo dela.

Quando a fachada do cinema por fim surge à sua frente, entre uma sorveteria fechada e um mercado de produtos chineses, a sensação de déjà-vu é irreprimível. O letreiro de caracteres colados sobre a faixa de luz branca lhe causa um impacto tão forte que ele nem chega a reparar no nome do filme. Plantado na calçada, permanece observando a mistura improvável de casais de meia-idade e jovens com roupas vintage que fazem fila em frente à bilheteria. Por um instante, chega a sentir que a barreira do idioma se dissolve, que ele volta a ser um habitante da cidade. E, sem hesitar, acaba por entrar na fila também e apanhar um ingresso para a sessão que se inicia.

Entrando na sala, ele senta em uma das poltronas antigas, atrás de um casal de velhinhos circunspectos que esperam em silêncio. Sentindo-se em casa, tira o casaco e coloca-o sobre a cadeira ao lado para guardar lugar. Como se Julia fosse chegar a qualquer momento, o que àquela altura parece quase inevitável. Mas as luzes se apagam sem que ninguém se aproxime, e ele acompanha expectante enquanto o projetor atrás de si começa a girar, iluminando a poeira da sala em uma cascata de estrelas microscópicas que flutuam acima de sua cabeça.

Ele aguarda, imaginando que a qualquer momento deva irromper o som do piano que outrora acompanhara as viagens silenciosas do circo. Mas o que escuta é o craquejar dos amplificadores, de cuja estática emerge uma narrativa monótona em sua própria língua. Na tela à sua frente, o foco que demora a ajustar vai devagar revelando um plano aberto em preto e branco do verde infinito da Floresta Amazônica. As legendas surgem na tela, em frente aos corpos seminus que portam réguas e compassos em imagens de veracidade incontestável. Acompanhando-as, ele ouve o que parece ser uma versão envelhecida de sua própria voz, carregada de realidade, que conta aos espectadores sobre a ascensão e queda de um idioma nos vales de uma província da Bolívia, uma história que ele conhece como a palma de sua mão. Uma narrativa à qual segue voltando, tal qual um nativo que não dispusesse de vocabulário para ir a outra parte. Sentado em sua poltrona sem conseguir mover-se, ele percebe que o que se desenrola em frente aos seus olhos está registrado e documentado há décadas, que não há mais espaço para a ficção. E que ele assiste sozinho, com uma cadeira vazia a seu lado, um velho documentário sobre os Yualapeng com legendas em alemão.

Última balsa

A ilha menor está à frente da praia, como em qualquer outro dia. Numa manhã clara, em que as nuvens se movem rápido com o vento, eu me preparo para entrar no mar, vencer os quase mil metros da travessia de ida e volta. Ao meu lado, Jörgen está sentado em meio à espuma, com as pernas molhadas e os tatuís subindo pelos dedos pequeninos que se arrastam pela areia. Nada disso, porém, parece distraí-lo. Sua atenção está focada no galho cravado na areia, cercado pelos sete gravetos menores.

— Jörgen, vamos até a ilha?

Com o olhar fixo no galho, ele me ignora. Permanece espiando o pedaço de madeira, por trás das mãos entrelaçadas com que cobre o rosto, em meio aos cabelos loiros emaranhados pelo sal. Atrás dele, as sombras das nuvens avançam numa velocidade impressionante. Eu me pergunto se ele as enxerga também, se estamos na mesma praia. Ou se o que vê, pelo espaço estreito entre os dedos, é apenas a cópia de uma paisagem gélida e estrangeira, em que seus gravetos se comunicam em silêncio.

— Jörgen?

As mãos tapam o rosto por completo. Nada a fazer.

Conformado, eu dou as costas e saúdo o dia. O sol brilha forte e me esquenta, fazendo frente ao vento. Em breve estarei no mar, eximido de pensar pelo tempo da travessia. Do outro lado, contemplarei de longe seu corpo de menino sentado, senhor do seu universo à beira d'água. E saberei que ele estará aqui quando eu voltar, já que não há lugar algum para ir.

Num ritual tantas vezes repetido, eu molho as canelas, avalio com os pés a intensidade do frio. E sei que ao nadar me esquecerei da ilha, me entregarei ao sal que me avermelhará os olhos, à tontura desequilibrada e prazerosa do corpo ao sair da água. Mas mesmo que eu consiga estar livre de preocupações por alguns minutos, ainda assim será uma derrota. Como em todas as vezes em que atravesso o canal sozinho e deixo Jörgen para trás.

Quando abro a porta ela está parada no convés, de costas para mim enquanto encara as ondas. O cabelo escuro esvoaça com o vento e cobre a lateral do rosto, do qual eu só enxergo uma nesga de pele. É impossível julgar sua expressão — se está mais relaxada ou tensa como sempre. Mesmo sem o menino de sete ou oito anos que ela costuma levar no colo, ainda que ele seja grande demais pra isso. E sem a criatura alta e pálida que os acompanha na hora de jantar.

Ao vê-la ali quieta, eu paro na entrada do corredor que leva às cabines e me ponho a olhar, enquanto a maresia me umedece as narinas. Quem sabe agora ela esteja acessível, despida da obscura camada de fleuma da família. Expondo o que possa haver por baixo, uma natureza mais próxima da minha. Mas permaneço na soleira da porta, sem coragem de me aproximar.

Com um balançar mais forte do navio, ela enfim vira o rosto e me enxerga. Constrangido por ser visto, eu completo o movimento de abrir a porta como se nunca o tivesse interrompido. Ao sair para o convés, passo às costas dela em direção à proa como se não a notasse. É então que escuto a voz nervosa, quase familiar.

— É bom poder falar na minha língua.

— Como você sabe que eu...

— Você não consegue disfarçar.

Ao sair do mar a primeira sensação é o retorno da gravidade, a transição entre o corpo que flutua e o que pesa, e que com os músculos cansados cai sem equilíbrio na areia. E só após alguns segundos de me entregar com os olhos fechados ao prazer do calor voltando é que levanto a cabeça e olho em volta para procurar Jörgen.

Ao contrário do que esperava, não o vejo à beira do mar. Preocupado, me levanto, sentindo ainda o peso do corpo recém-saído da água. E só então o avisto num canto da praia, próximo às pedras. Ele se move agitado, com os braços balançando sem a métrica costumeira dos seus movimentos. Intuindo que algo deve estar errado, pois ele não costuma perder a concentração assim, eu me aproximo correndo.

Aos seus pés, que sapateiam com fúria sobre a areia, a organização dos gravetos segue inalterada, uma reprodução fiel da ordem montada à beira-mar. No centro, porém, o galho maior está espetado no ventre de uma tartaruga, que aparentemente acaba de dar sem vida à praia. Um urubu aterrissa perto de nós, e percebo a razão da angústia de Jörgen ao vê-lo correr em direção ao pássaro, atirar areia, espantá-lo para longe. Logo aparecem mais dois às suas costas, que eu corro para afugentar, tentando proteger seu arranjo da natureza em revolta.

Eu me pergunto o que sua cabeça infantil enxerga no animal morto — por que veio até aqui, quando havia tantas colinas possíveis para plantar o galho, tantas pedras altas e montes de areia. Mas é inútil tentar sabê-lo. Esquecendo a metafísica, eu enxoto os urubus com um tronco até fazê-los desistirem da refeição. Eles seguem rondando, porém, sabendo que mais cedo ou mais tarde seremos levados embora pela noite, pelo frio ou pelo cansaço. Mas por ora Jörgen se acalma. Sem me olhar, ele senta na areia, confere a ordem do seu mundo em miniatura. E, concedendo que talvez tenha invadido um espaço que não lhe pertence, começa a guardar os galhos.

Ao vê-lo terminar de recolher os gravetos (um por vez, arrancando-os com a mão direita e passando para a esquerda), eu me aproximo e ponho as mãos ao redor do seu corpo, protegendo-o dos urubus. Ele não me segura de volta, mas tampouco resiste, e em um abraço pela metade nos afastamos desse canto da praia.

Por volta da terceira cerveja ela começa a falar de si, apoiada contra a janela do bar pela qual se entrevê o Pacífico. Depois das formalidades básicas, "de onde você vem?", "o que está fazendo aqui?", e dos assuntos óbvios — o frio, os meses sem sol, a saudade da comida — ela chega ao assunto que me interessa.

Sem que eu tenha que perguntar, ela começa a falar de Stefan. Stefan em seu reino gelado na Escandinávia, dando ordens do alto de seus frágeis dois metros de altura. Stefan e sua coleção de guitarras, guardadas com a dedicação de uma criança a seu álbum de figurinhas. Stefan e seu bloqueio criativo, sua genialidade contida num gravador digital em que a cada noite ele apaga o que registrou durante o dia. Stefan esquecido pelo mundo, sozinho a não ser pelo cada vez mais reduzido séquito de fiéis.

— E por que você não faz algo? — eu pergunto.

— Eu não poderia interferir — ela diz. — Não tenho o direito de me meter nas coisas dele.

Eu poderia pensar que ela é apenas mais uma das fãs que ainda acreditam no talento de uma criança de quarenta anos, que há quinze teve um momento de gênio que não se repetiria. Mas há algo mais no olhar dela quando fala, algo que não chego a compreender. Tento me aprofundar no assunto, mas não consigo achar as palavras certas, e em pouco tempo ela começa a tergiversar.

Logo me dou conta de que fui longe demais, de que ela mesma começa a se arrepender por ter falado tanto. Após pagar a conta com uma nota mais alta do que o necessário, ela se despede e desaparece entre as cabines da primeira classe, enquanto eu fico parado na porta, com uma garrafa de cerveja pela metade e tempo demais pra pensar.

O vento arremessa as cinzas da fogueira na nossa direção, fazendo Jörgen tapar o rosto com as mãos para se proteger da fumaça. O mesmo gesto que ele usa para esconder o rosto do sol, abrindo os dedos em intervalos regulares para conseguir enxergar. Passada a rajada, ele retoma o trabalho. Cortar lenha é um de seus ofícios preferidos, e sua habilidade com o machado, improvisado com um naco de pedra lascada, nunca deixa de me surpreender. Em pouco tempo, a madeira está cortada e organizada sobre a areia em ordem decrescente de espessura. Não esperaria nada menos.

Com o fogo pronto, coloco o peixe sobre a armação de metal, construída com os pregos de um casco que veio dar à praia. Enquanto nossa refeição começa a assar, Jörgen se aproxima, com a atenção fixa nos olhos do animal, dilatados pelo calor. O cansaço do dia começa a se manifestar, e fechando os olhos para me proteger da fumaça eu adormeço por alguns instantes. Quando acordo, o menino segue imóvel junto ao fogo, e só a crosta escura sobre o peixe me indica o lapso, o fato de que dormi o suficiente para a refeição estar pronta.

Raspando a cinza das escamas, corto os pedaços com os dedos, servindo-os nas metades de coco improvisadas como pratos. Jörgen apanha a sua com cuidado, e leva o primeiro pedaço à boca com o máximo de modos que comer com as mãos lhe permite. Do meu lado da fogueira, eu o acompanho. Quase sem perceber, adapto meu ritmo de mastigar ao seu, tentando estabelecer alguma forma de sincronia. Surpreso, constato que ele parece me acompanhar.

Ainda não convencido da conexão, resolvo testar minha teoria mastigando mais lentamente. Do seu lado, o menino também diminui o ritmo. Depois vou um pouco mais rápido, e sinto que ele me segue, mordendo vorazmente as postas enquanto tira as espinhas. Por alguns instantes, tomo consciência do fogo, do alimento, dessa forma estranha de estarmos juntos. E a harmonia da ideia me acompanha enquanto termino meu prato, satisfeito pelo que a noite me concede. Após terminar o seu, porém, Jörgen logo cai no sono, atirado na areia e distante. E não me resta outra forma de me aproximar senão fazer o mesmo.

Na revista de variedades, desbotada pelo excesso de uso (por que ela a carregaria?), o rosto de Stefan exibe um sorriso tímido enquanto ele recebe os repórteres. Numa época em que sua música e sua estranheza ainda eram capazes de render frutos. Há quanto tempo teria sido aquilo, dez anos, quinze? E quanto tempo mais levaria até que as páginas se rasgassem, e que mesmo a memória delas se esvaísse?

Ela não aparece nas fotos. Eu pergunto a respeito, mas ela responde que a reportagem é mais antiga, que se conheceram alguns anos depois. Que engravidara nas primeiras noites e que desde então morara com ele e a criança na mansão, cuja arquitetura portentosa sobrevivia às dívidas. Contrariando a etiqueta, eu não resisto e pergunto o que ela faz lá ainda. Por que segue morando naquele universo frio e incompreensível, quando todos os outros já foram embora. Mas ela logo silencia minhas perguntas, respondendo somente à última: "Porque Stefan é a pessoa que eu mais amo no mundo. Ou era".

Quando acordo, a fogueira é apenas brasa. Mas a pilha de lenha já não está ao meu lado: em volta de mim, os troncos antes dispostos na horizontal estão cravados na areia. Aos poucos, olho em volta da praia e percebo que eles formam um círculo que delimita o espaço ao meu redor. Como uma versão em escala maior do arranjo de gravetos, agora grande o suficiente para ocupar a paisagem.

Levantando, procuro Jörgen com o olhar até encontrá-lo sobre uma pedra, observando-me por entre as mãos espalmadas contra o rosto. Quando começo a caminhar na sua direção, ele parece tenso. Como de hábito, seu olhar não se fixa no meu, mas percorre meu corpo, oscilando sem ritmo entre os pés e a cabeça. Até que em algum momento dou um passo à frente, o que desencadeia um grito de fúria por parte dele, como um alarme estridente. Eu corro em sua direção, mas quando o alcanço ele se desvencilha e corre de mim em direção à fogueira.

Eu consigo segurá-lo alguns passos adiante, junto a um dos troncos cravados na areia. Mas quando toco em seu corpo, já esperando seu esforço em se debater, os gritos cessam, como se ele se acomodasse. Aos poucos, Jörgen escapa dos meus braços sem que eu ofereça resistência, e quando abro os olhos ele já caminha de volta à pedra. Ainda confuso, eu me levanto para acompanhá-lo. Quando começo a ir em direção a ele, porém, um novo grito de raiva corta o ar.

Então olho ao redor, tentando entender o que se passa, e percebo o elemento que falta no arranjo. Entre os troncos cravados na areia, não parece haver nenhum que corresponda ao galho maior. Intuindo que o papel cabe a mim, volto para o centro do círculo. Como que por mágica, a estratégia funciona. Vendo-me corresponder à sua ordem, Jörgen permanece em silêncio, satisfeito. Vigiando-me de longe, como um graveto a mais no centro de seu universo, enquanto o sol da manhã começa a brilhar mais forte.

Quando a vejo no bar, com o olhar arisco e ébrio de quem está ali há algum tempo, percebo que algo está para acontecer. Não por acaso. E eu não tenho que fazer mais do que sentar junto ao balcão pra que ela comece a desabar.

Sem que eu pergunte, ela começa a falar novamente de Stefan, a criança eterna. Mas dessa vez não mais a criança grande, desajeitada e genial. E sim uma criança cruel, como só as crianças sabem ser. Stefan que na primeira noite havia tirado carne de seu ombro com uma mordida. Seu gênio irascível com os serviçais, seu lado negro e sádico tão bem escondido do mundo exterior. Assim como ela aprendera a esconder as marcas no corpo, tão fáceis de encobrir sob as camadas de roupas em um inverno gelado.

Mas então ela viu a primeira marca no menino. Uma mancha roxa pouco acima do joelho direito, num ponto incomum para se bater em uma queda. Stefan jamais admitira nada, e não se poderia esperar que a criança fosse capaz de acusá-lo. Mas dali em diante, o vínculo se rompera. As tentativas de separação, no entanto, tinham sido frustradas pela piora dos sintomas do menino, e num gesto de sacrifício ela permanecia ali, presa a um arranjo estranho que a seguia até o outro lado do planeta.

Nessa altura ela parece emperrar, não querendo seguir adiante. Esgotado pela torrente de mágoa, eu nem teria condições de ouvir mais. Sabendo que pouco nos resta a fazer nessa noite, ambos pedimos a conta quase ao mesmo tempo. E aguardamos em silêncio enquanto olhamos pela janela, vendo ilhas impossivelmente distantes umas das outras desfilarem no horizonte.

Do alto da pedra, Jörgen permanece alheio ao dia que progride. Já é meio-dia, o sol forte queima minhas costas, e ele tapa o rosto com o gesto de sempre, espiando a praia por entre os dedos arqueados. Sinto o suor escorrer pela testa queimada, misturado à areia e às cinzas. Mas o círculo de troncos ao meu redor me mantém refém, e não sei como escapar sem colocar a perder o tênue esboço de harmonia entre nós dois.

Quando o calor por fim vence minha paciência, eu caminho até a borda do círculo. Ainda que escute os gritos de Jörgen atrás de mim, sigo andando em direção ao mar, ouvindo seus passos se aproximarem. Quando começo a molhar as canelas, sinto uma dor súbita na coxa, à qual ele se agarra com uma dentada. Tento segurá-lo para me defender, mas minha tentativa é respondida por golpes dos seus membros que se debatem. Sem opção, deixo nossos corpos caírem juntos na água rasa para aliviar o calor, e em seguida me desvencilho dele e volto resignado ao centro do círculo.

Tão logo chego ao meu posto, Jörgen parece satisfeito. Devagar, dá as costas para mim e caminha até seu ponto de observação na pedra, onde senta como um monarca nórdico, com a montanha atrás de si. Uma posição estranhamente adequada para ele, senhor eleito de sua própria ilha. Um lugar solitário onde não há mais ninguém exceto por mim. Próximo o suficiente para mantê-lo vivo, mas não para aspirar a ser algo além de uma peça fora do lugar em seu tabuleiro.

E enquanto o observo riscar a areia com os dedos, ordenar as pedrinhas à sua frente, tapar novamente o rosto, em uma sequência quase cerimonial de gestos, eu respiro com certo alívio. Fazendo o que posso para silenciar, recuar, dar-lhe espaço. Em questão de minutos, porém, percebo que apenas volto ao mesmo lugar. Que se permanecermos assim a cena se repetirá de novo e de novo. E que em algum momento será preciso acabar com a paz.

Passam-se dias sem que eu consiga falar com ela. Dias em que vou ao bar todas as noites, imaginando que ela estará ali, falando com algum estranho ou fumando nervosa. Mas só encontro a paz dos turistas no fim da noite, animados depois de mais um dia perdido no oceano, no ponto mais longínquo da viagem. Sem paciência para a conversa pequena, acabo indo para o convés, onde os arquipélagos são substituídos por ilhas cada vez mais isoladas, e às vezes por nada além da monótona imensidão do horizonte.

Até que uma noite, enquanto leio os manuais de procedimentos do navio para passar o tempo, ouço o bater na porta. Já passa da meia-noite, e o evento chega a me alarmar — talvez por associação com a leitura, tenho a impressão de que algo de errado possa ter acontecido. Por um momento fico indeciso sobre o que fazer, mas uma nova sequência de batidas me desperta de vez. Por fim me levanto, e quando abro a porta ela entra sem dizer nada, antes que eu possa reagir.

Ela bate a porta, e o olhar que me lança por detrás das olheiras é claro. Eu não sei como respondê-lo a princípio, mas em poucos instantes percebo que não preciso. Ela já está abraçada em mim, e se por um segundo eu ainda penso em perguntar o que ela faz ali, se algo aconteceu, se ela tem certeza do que está fazendo, isso logo é silenciado da maneira mais explícita que poderia haver.

— Não fala nada, por favor. — ela diz. E eu atendo.

Ao meu lado, Jörgen permanece sentado com as pernas cruzadas, o rosto encoberto pelos cabelos loiros, os olhos apontados para o mar. Já faz mais de uma hora que ele desceu da pedra, mas isso pouco muda nossa situação. Sua pele branca descasca em um misto de suor, areia e sal, e as marcas dos seus dentes me doem nos punhos, como lembretes de minhas tentativas de sair do círculo. Mas ele continua impassível, encarando o oceano como se esperasse por algo.

Com a ilusão de tê-lo próximo, eu tento me comunicar das formas que me restam. Experimento olhares, caretas, gestos. Desenho linhas no chão, e por mais de uma vez tento mudar as estacas de lugar, desviando a geometria do seu círculo para incluir o mar. Mas a cada vez que o faço ele se levanta em sobressalto, lança seu grito de alerta. Deixando claro que seu mundo é uma figura sem arestas, à qual eu não tenho como pertencer. Aos poucos, a sensação de proximidade vai sendo substituída pela impaciência. A fome se insinua, e em um gasto inútil de palavras tento explicar que precisamos comer, que é chegada a hora de colher cocos. Mas ele não responde, como se isso não lhe importasse em nada.

Então eu começo a caminhar, torcendo em vão para que isso não coloque o ciclo em marcha novamente, mas já não me importando com as consequências. Tão logo atravesso o perímetro de estacas, ouço os berros às minhas costas. Finjo não percebê-los e sigo em frente, sabendo que não tenho escolha. Mas logo aos gritos se somam os passos, e aos passos o ruído das pernas batendo na água.

E quando me viro vejo Jörgen correr sem lógica em direção ao mar, tropeçando nas irregularidades da areia com os braços se debatendo contra as ondas.

Eu o agarro em meio à arrebentação, com a correnteza já ameaçando levá-lo. Arrancando-o da água em um puxão, ponho seu corpo sobre meu ombro e volto à praia com ele a tiracolo, dizendo aos berros que não faça mais isso. Mas quando me aproximo do perímetro do círculo, ele começa novamente a se debater. Tento contê-lo, mas sou respondido com uma mordida no peito. O esforço, a dor e a fome por fim me sobem à cabeça. E, sem pensar no que faço, eu jogo o menino longe com a força que ainda tenho.

Ele cai sobre o lado do corpo e parece se machucar, pois seu choro de raiva ganha uma nova camada. E a dor que adivinho nele é a mesma que sinto em mim, e não sabendo como escoá-la arranco um dos troncos cravados no chão e bato com toda a força em outro que permanece de pé à minha frente, até quebrá-lo ao meio. Exausto, largo o pedaço de madeira e me deixo cair sobre a areia. É só então, quieto, que me dou conta de que Jörgen não chora mais.

Eu olho para trás, e contra todos os prognósticos ele me devolve o olhar. Isso me espanta, e tudo o que me ocorre é manter os meus olhos nos seus, como se desviá-los pudesse colocar tudo a perder. E é só depois de um longo instante, em que ele parece aguardar, que tento compreender o que houve. Arriscando um experimento, levanto-me devagar, apanho o tronco que acabo de largar e vou até a próxima estaca. Golpeio-a com força, desta vez mantendo os olhos em Jörgen, para ter certeza de que ele me acompanha. E não tenho opção senão fazê-lo de novo, e de novo, e de novo, enquanto seu corpo vibra em um movimento trêmulo a cada golpe. Até que a estaca cai, fazendo com que ele solte um grito de júbilo e eu respire aliviado.

Sem conseguir absorver o que se passa, vou derrubando as estacas uma a uma, com a força da solidão acumulada, enquanto o menino segue meus movimentos com os pés batendo no chão. E quando por fim derrubo o último tronco, desintegrando o círculo, desabo exausto na areia molhada. De olhos fechados, escuto os passos de Jörgen, que param logo à minha frente. Ansioso, eu espero que ele deite ao meu lado, que a barreira entre nós finalmente ceda.

Mas nada acontece, e em vez dele eu só sinto a espuma das ondas a me tocar.

Abro os olhos. De pé, à minha frente, Jörgen aguarda. Todos os troncos caíram, mas ele segue ali, com o corpo estendido e os braços levantados sobre a cabeça em uma posição nova. Como se sua expectativa convergisse em um movimento tenso dos músculos, expondo o corpo e esticando a espera. Caído no chão, eu me faço de desentendido, olho para o lado, contemplo o mar. Mas a sombra do menino paira severa sobre mim, enquanto me dou conta de que o tronco que joguei longe está de novo à minha frente, colocado ali pela única pessoa na praia além de mim.

Intuindo o que se passa, desejo em silêncio que minha impressão esteja errada. Pela primeira vez, porém, Jörgen parece ter o meu tamanho. E, sem dizer nada, pela primeira vez deixa claro o que quer, suas condições para que o jogo prossiga. Numa última tentativa de fuga, eu olho uma vez mais para a praia, tento achar uma saída. Mas tudo o que a paisagem transpira é a alternativa: a solidão de estar ali sem ele, de persistirmos para sempre em universos paralelos.

Tentando não pensar no que faço, cerro os dedos da mão direita ao redor da madeira, enquanto uso a esquerda para me colocar em pé à frente de Jörgen. E sem me dar tempo de pensar no que faço, trago o tronco em um golpe seco contra seu corpo de criança.

Eu acordo com um ruído metálico colossal, seguido do turbilhão sem nexo da água a jorrar. Quase imediatamente, as luzes de emergência se acendem, os alarmes soam, e sem entender o que está acontecendo eu saio do quarto às pressas. No corredor, passageiros de pijama correm em pânico em direção à saída, em um caos precariamente controlado pelos membros da tripulação que apontam a direção das balsas, com seus rostos lívidos traindo a confiança fingida dos gestos ensaiados.

Sem alternativa, sigo o fluxo que sai dos corredores em direção ao convés, em que as poucas dezenas de habitantes do navio estão prestes a abandoná-lo. Mas quando olho em volta atrás do rosto dela, procurando a cabeça calva e proeminente de Stefan como referência, me dou conta de que não a vejo. Olho para baixo, esperando talvez encontrá-los em uma balsa que já partiu, mas ainda não se vê sinal das lonas amarelas no mar.

E não sei o que me vem à cabeça no gesto que se segue. Mas contrariando a lógica, as ordens da tripulação e meu próprio instinto de preservação, dou meia-volta e, julgando que ainda há tempo até que todos embarquem nas balsas, saio do convés às pressas e vou em direção à primeira classe. Até chegar à porta que sei ser a do quarto dela, escancarada pela gravidade do navio que começa a adernar.

Do lado de dentro, encontro somente o espaço vazio, as coisas em desordem. Em um canto do quarto, a revista ilustrada permanece aberta ao lado da cama, entre instrumentos musicais, roupas de criança e um gravador digital. Ao fundo, a porta da sacada aberta deixa entrar um vento cheio de maresia e me faz pensar no pior. Sem tempo de procurar mais, ou de tentar entender o que se passou, saio para o corredor e começo a traçar o caminho de volta. E é então que enxergo o menino.

Sua figura frágil está na porta do convés, com a cabeça baixa fitando o vazio. Eu me aproximo, grito "onde está sua mãe?", sem saber se ele fala minha língua. Mas a criança apenas observa a água, com o rosto entre as mãos, o pé esquerdo batendo ritmadamente no chão. Tento de novo, "sua mãe?", mas nada acontece. Então vou até a balaustrada, buscando enxergar o que ele procura lá embaixo. Mas só consigo distinguir a espuma.

Até que não há mais tempo. Eu ouço os apitos da tripulação do outro lado do navio, sinalizando que o desembarque começa. Chamo o nome dela uma última vez, sem que o menino se mova ao ouvi-lo. E então agarro-o, sentindo seu corpo se debater debilmente no meu colo, suas unhas se cravarem nos meus braços e seus grunhidos ressoarem no ar, enquanto corremos juntos em direção à balsa que resta no convés.

As marcas dos arranhões me ardem nas costas, misturadas ao excesso de sol e à aspereza da areia. Deitado à beira do riacho, contemplo a quietude da ilha no fim da tarde enquanto o menino dorme, sem que seu rosto transpareça nem rastro da angústia do meu. Os curativos toscos que improvisei com as folhas de bananeira cobrem seu tronco machucado. E contemplá-los me faz lembrar que atravessei uma fronteira, que dei um passo a mais para dentro de uma ilha que nos consome a cada dia.

Mas mesmo que eu me assuste em me perder de quem eu era, há um estranho conforto em velar o sono de Jörgen. Ao montar guarda contra o que possa ser atraído pelo cheiro de sangue, tento me convencer, até quase conseguir, de que faço tudo isso por nós. De que minha única chance de vencer a solidão é me livrar de mim mesmo e ser quem ele espera, com seu rosto pequeno de cabelos loiros e seu corpo manchado de hematomas.

Enquanto eu observo, o menino começa a se mover e abre os olhos, percorrendo a praia com eles. E após um breve momento em que penso que tudo será como antes, que os troncos e as nuvens e as gaivotas vão absorver sua atenção pelo resto do dia, ele repousa o olhar em mim. Por um tempo longo, que não sei precisar quanto é. A expressão em seu rosto, como sempre, se esconde mais fundo do que eu consigo alcançar. Mas isso me importa menos do que a direção em que ela aponta.

Jörgen se levanta devagar, e eu acompanho seu movimento com cuidado. Esforçando-me para não interferir, eu o sigo de volta à praia, que ele observa como se contemplasse um campo de batalha. Na areia, a maré baixa deixa entrever os rastros da tarde: as estacas quebradas, as pegadas que se perseguem, os buracos deixados pelas quedas, com as marcas no chão formando um desenho complementar às que levamos nos corpos.

E depois de um momento em que observamos juntos os escombros da tarde, ele vira as costas para mim e caminha em direção ao mato. Eu o acompanho enquanto ele adentra a vegetação, percorrendo as árvores, e começa a recolher, metódico, os troncos que lhe servem. Após escolher os pedaços de madeira, carregando-os com dificuldade entre seus braços pequenos, ele volta à praia e os dispõe uma vez mais em seu arranjo particular, cercando os espaços ao redor de nossos rastros. Agoniado, eu observo impotente, adivinhando que tudo começará de novo e que meu esforço terá sido em vão.

Mas ao cravar o último galho na areia, Jörgen parece satisfeito. Movendo seu olhar para o horizonte, onde o sol se põe rapidamente sobre a ilha menor, ele deixa o círculo para trás, sem observar se eu permaneço nele, e caminha em direção às ondas. Aliviado pela trégua, que talvez se deva somente à iminência da noite, eu sigo seus passos na água rasa, molhando minhas cicatrizes e as sentindo arderem. Mas sabendo que o sal é necessário para fechá-las, e que elas terão de estar fechadas para o dia de amanhã. Pois se existe um amanhã aqui, nós já o carregamos do lado de dentro, onde será impossível separá-lo de hoje, ou de ontem. E a ilha que construirmos estará condenada a ser feita à imagem e semelhança daqueles que não a habitam.

Mas por um breve espaço de tempo enquanto avançamos entre as ondas só existe o presente: o ardor na pele, o frio no corpo, e a estranha fruição de um momento compartilhado e vazio. Sem nada além de nossos corpos, vamos entrando mar adentro, sentindo o chão ficar mais fundo a cada passo. Ao meu lado, Jörgen logo tem a água pelo pescoço, e eu me aproximo para evitar que ele afunde. Mas antes que eu consiga segurá-lo, desta vez é ele quem se agarra em meu corpo, com a pele exposta dos seus braços grudada à minha. Transformando-me como que por mágica em uma presença sólida, real, em um ferrolho que não vai deixá-lo escapar com a maré. Então eu me deixo ficar parado, com os pés firmes no chão. Sem pressa de nadar, de ir a lugar algum a não ser aqui, em uma praia que nos basta e que comporta o mundo inteiro. Onde por ora eu me sei seguro, junto ao menino que flutua agarrado em mim, a balsa que todos os dias vem me resgatar do naufrágio.

Estepe

Estava morrendo de palavras. Ou ao menos é o que diziam os médicos. Desde que a fibrose idiopática da glote fora diagnosticada, e aí já iam meses, tinha consciência de que meu destino era previsível. Cada vogal emitida, cada consoante articulada, cada vibração das cordas vocais agravaria a resposta inflamatória iniciada por meu corpo, já destituído de forças para contê-la. E cada palavra falada contribuiria para o estreitamento das vias aéreas, roubando aos poucos o ar das respirações futuras até o dia em que ele me faltasse.

Não havia cura possível: minha única chance de escapar à traqueostomia, segundo os médicos, seria me controlar e evitar ao máximo a comunicação verbal, que sempre fora uma de minhas virtudes mais caras, além de meu instrumento de trabalho. E com isso me acostumar ao silêncio, e à renúncia voluntária a ter o que dizer — o que dadas minhas inclinações de espírito e minha posição, eu temia que fosse impossível.

Quando anunciei minha condição na universidade, foi você quem primeiro descobriu os Skali e os trouxe à minha atenção, em um dos encontros individuais que substituíram as aulas. Sua intenção era simples a ponto de beirar a ingenuidade: dentre todos os povos do mundo, deveria haver um cuja língua era mais pobre em palavras do que todas as outras. E depois de alguns dias de pesquisa no departamento de linguística comparada, absorta em idiomas raros, você por fim chegou à resposta que queria.

A descoberta fez você mergulhar no universo dos Skali. Habitantes nômades da Sibéria, haviam se separado dos mais numerosos Nenet há pelo menos dois milênios e passado por uma divergência linguística acelerada devido ao isolamento geográfico. Seu alfabeto, transcrito em meados do século XIX para o cirílico, possui apenas catorze letras, quase a metade da maior parte das línguas escritas. Pouquíssimo para os padrões ocidentais, mas suficiente para descrever um mundo composto de gelo, névoa e rebanhos de renas, capaz de garantir precariamente o sustento de uma etnia em extinção.

O vocabulário Skali, paupérrimo, resume-se a cerca de três mil palavras, quase oitenta por cento delas substantivos. Estes tendem a ser utilizados com um mínimo de recursividade, sem artigos, declinações ou outros adornos, e com quase nenhuma sintaxe. Nas raras vezes em que um Skali opta por se pronunciar, costuma fazê-lo ao modo simples das crianças: uma palavra única para referir-se a um objeto (um trenó, *ublik,* uma pá, *fümp,* uma tempestade, *triblika*), cuja importância é óbvia e dispensa explicações.

Os vinte por cento restantes do vocabulário consistem na maior parte em verbos simples e também capazes de sentido por si próprios, conjugando-se através da consoante final em presente, passado, futuro ou imperativo ("chove", *plek,* "morreu", *yunb,* "corra!", *gür*). O resultado disso é que um Skali fala uma média de trezentas palavras por dia, ou pouco mais de cem mil por ano — menos de um terço do que a média dos outros povos siberianos, cuja língua se aproxima mais das raízes eslavas, e uma fração insignificante da produção verbal das culturas ocidentais.

Nada disso foi suficiente para que eu me interessasse muito pelos Skali, que a princípio me pareceram apenas uma anomalia irrelevante na curva gaussiana das línguas. Aos meus olhos, seu entusiasmo por eles parecia um impulso juvenil, que a idade me impedia de compartilhar. Mas então vieram as fotografias. Elas surgiram sem aviso sobre a mesa do escritório em um dia de setembro, guardadas em um envelope pardo sem remetente.

As imagens em preto e branco haviam sido feitas ainda no tempo do comunismo, em um esforço soviético para descrever a variedade dos povos unidos sob a bandeira vermelha. As pessoas, porém, eram o que menos chamava a atenção nelas. Os homens de olhos puxados, que posavam desconfortáveis para as câmeras do exército, apequenavam-se diante da planície, em que céu e tundra se confundiam dentro da névoa gelada. Eventualmente, uma rena se fazia presente em algum canto da fotografia. De resto, só havia a estepe, branca e inerte.

Em nenhum dos retratos havia qualquer esboço de um sorriso, ou sequer de um abrir dos lábios. Mas não era isso, nem nada próprio aos Skali — feições, vestimentas ou adereços — que tornava palpável o silêncio. Ele transbordava da planície vazia ao redor dos corpos, que trazia consigo a constatação inegável de que não era necessário dizer nada.

Logo depois de ver as fotografias, mandei chamá-la ao meu escritório, intuindo quem as havia deixado ali. Ao vê-la entrar na sala, antes mesmo de introduzir o assunto, percebi em seu olhar que você já compreendera o que eu pretendia. E quando perguntei se você gostaria de me acompanhar na jornada como minha assistente, seu sorriso tranquilo foi suficiente para que eu soubesse que sim.

A partir daí, foi você quem assumiu os preparativos da viagem, enquanto eu procurava os médicos para analisar a viabilidade da empreitada. O laringologista me julgou maluco ao me ouvir explicar que precisava de um ambiente com menos palavras, e que pretendia encontrá-lo no norte da Sibéria. Mas suas opiniões sobre minha sanidade pouco me importavam: o que eu precisava saber eram apenas as chances de o frio vir a piorar minha condição.

Dois dias depois, veio a resposta prometida: no que dizia respeito à laringe, não havia razão para temer as temperaturas glaciais. Ao que tudo indicava, a progressão da fibrose deveria inclusive diminuir com o frio, ou pelo menos era o que sugeriam os estudos em animais. Ainda assim, havia o resto do corpo e o espírito do lado de dentro. E estes teriam de resistir a um inverno que se afigurava brutal.

Nada disso, porém, foi suficiente para me desestimular. Pois eu sabia que você tomava as providências para que fôssemos acolhidos entre os Skali. Eles já haviam sido visitados por uma missão de geógrafos de um departamento vizinho, e você levantava os contatos necessários para nos ajudar a ser aceitos por um povo sabidamente esquivo. E uma vez integrados a eles, que viviam dentro daquele inverno havia milhares de anos, sabíamos que teríamos nós também uma chance de enfrentá-lo.

Aterrissamos em Arkhangelsk no início do outono. Sabíamos que a escolha da estação estava longe de ser a ideal: encontraríamos o inverno pouco depois de chegar, e não poderia haver nada tão pouco auspicioso — ou francamente arriscado — em termos de calendário. Mas minha saúde inspirava pressa, e esperar não parecia uma opção sensata. Por mais que eu soubesse disso, minha convicção trepidava quando desci a escada do avião. Mas incapaz de protestar devido à doença, eu não tinha opção senão confiar no caminho que você havia planejado.

Melek, nosso guia, cumprimentou-nos com um aceno seco de cabeça, que depois descobriríamos ser uma saudação efusiva para os padrões dos Skali. Disse que era um orgulho para seu povo receber um intelectual daquele calibre, e que seríamos bem-vindos ali. Pouco depois de entrar no velho jipe Lada, porém, seus olhos se voltaram para a estrada à frente, e seu inglês esforçado se dissolveu no barulho do vento, no esfregar das mãos que se protegiam do frio, e em tantos outros ruídos que logo se tornariam dominantes em nossas vidas.

A impressão ao chegar ao acampamento dos Skali foi quase de decepção. Ao contrário da imensidão da planície, o acampamento na margem da cidade era simples, e sequer seu apelo pitoresco era significativo. Afora os impressionantes *chums*, grandes barracas de pele capazes de acomodar confortavelmente uma família inteira, os demais objetos espalhados pelo terreno não passavam de lixo ocidental, adquirido de segunda mão de trabalhadores russos. Mas os Skali nos receberam com quieta educação, e achamos que seria melhor não perder tempo com lamentos ou hesitações.

A partida rumo às planícies de Yamal se daria em duas semanas. O solo próximo à cidade congelava com demasiada facilidade no inverno, e para manter os rebanhos de renas, então alojados logo além dos subúrbios, era necessário migrar para pastagens melhores.

Até lá, frequentaríamos o acampamento para nos habituarmos às tarefas básicas de sobrevivência: o transporte nos trenós, a construção das fogueiras e a montagem dos *chums*. Nossos primeiros dias foram dedicados a incontáveis ciclos de enrolar e desenrolar camadas de pele ao redor de troncos — habilidades que você, com uma força surpreendente, parecia ser mais capaz de dominar do que eu. E após tardes breves e intensas de trabalho, pois os dias já começavam a encurtar, nos retirávamos à nossa hospedagem na cidade, onde após um rápido boa-noite entrávamos cada qual em seu quarto, para que o sono se encarregasse de aliviar a espera.

Nosso momento de maior contato com os Skali eram as refeições, em que algumas poucas palavras — ou muitas, para eles — eram ditas pelo chefe do clã antes de a comida ser servida. Nos primeiros dias, olhávamos para Melek para que ele as traduzisse, mas com o tempo aprendemos que ele só o faria quando estivéssemos sentados em volta da fogueira, reunidos em torno do samovar com água fervente para partilhar o chá. "As palavras são ditas sobre a mesa, mas são para serem ouvidas mais tarde", afirmava. Talvez precisamente por isso, levaria tempo até que entendêssemos o que ele queria dizer.

No dia da partida, as nuvens desapareceram, e o céu azul refletido na neve ofuscava tudo ao redor. Perguntei a Melek como a coincidência era possível, mas ele limitou-se a lançar um olhar respeitoso em direção ao chefe do clã, como que em deferência à sua sabedoria. E pelo silêncio dele e dos outros, eu soube que o tempo das palavras, que nem tantas haviam sido, terminava para dar lugar ao tempo do trabalho. As primeiras renas eram trazidas de fora da cidade, a fim de puxarem os trenós de carga. Ao redor de nós, os Skali saíam em peso das tendas, ocupando-se em silenciosa harmonia das tarefas a desempenhar.

Enquanto você ajudava um par de meninos a dobrar um *chum* desmontado, senti-me perdido em meio à agitação metódica do acampamento, que lembrava a de um formigueiro em atividade. Mas eu não tinha opção senão integrar-me, e logo estava amarrando os anéis de madeira que prendiam os animais aos trenós, ouvindo a respiração tranquila da rena à minha frente enquanto os cães latiam ao redor. Concentrado na tarefa, foi apenas por um passo decidido do animal que me dei conta de que já estávamos partindo. Pois quando olhei em volta o clã havia se posto em marcha, e você estava em meio a eles sem que nada tivesse sido dito.

Uma vez iniciado, o movimento era límpido. Em questão de horas, uma aldeia inerte e desorganizada se transformara em uma marcha coesa e retilínea, que penetrava o território como uma lâmina pontiaguda. Tal qual um pássaro que, depois de circular aleatório por horas, iniciasse o mergulho rumo ao brilho do peixe. Exceto que não havia peixe ou brilho a nos chamar. Apenas a estepe. Uma estepe que nos dava as suas boas-vindas através do dia limpo, ao mesmo tempo em que deixava claras as suas condições no rigor gelado das rajadas de vento. Dando início uma vez mais a um jogo de regras transparentes e milenares, que só o frio e a adversidade eram capazes de ensinar.

Mas a despeito do inevitável desequilíbrio de forças entre nós e o clima, o que mais me chamava a atenção já não era a imensidão da paisagem ou o rigor do frio, mas a quieta obstinação da jornada. O andar impassível das renas, seguindo as mesmas rotas migratórias havia milênios. E a progressão vagarosa e inexorável daquela gente, que as acompanhava havia tanto tempo que era impossível saber quem seguia quem. Para homens e animais, aquele movimento de ida e volta era o mundo inteiro. Um mundo do qual, de uma forma que até então eu não tinha imaginado, nós começávamos a fazer parte.

Quando paramos para montar acampamento, o sol começava a baixar, e o frio já intenso em breve se faria letal. Sem delongas, você foi uma das primeiras a desenrolar o *chum* e iniciar sua montagem sobre as estacas cravadas no chão. Ao tentar ajudar na tarefa, minha iniciativa era mais automática do que pensada. Mas eu não podia dizer o mesmo de você, cujos olhos traduziam um entusiasmo quieto que eu quase não reconhecia, e que parecia denunciar que algo havia mudado.

Com a tenda pronta, apanhamos as malas de couro sobre um dos trenós e entramos, estranhando o fato de compartilhar aquele espaço que haveria de ser nossa casa. Mas os *chums* eram poucos, e dividir um deles entre nós dois apenas já era um privilégio incomum. Do lado de dentro, permanecemos imóveis por um bom tempo, malas em mãos, até você tomar a iniciativa e depositar a sua sobre as peles espessas que nos serviriam de cama. Entre os cobertores, você a abriu e foi depositando no chão os livros, a gramática e um espelho, como se tudo aquilo fosse apenas natural.

Depois de acendermos a fogueira e prepararmos o chá, você foi a primeira a deitar. Hesitei até fazer o mesmo, cauteloso em ceder a uma proximidade estranha, que tornava nítido o quão pouco nos conhecíamos. Por longos minutos, pensei em assuntos para quebrar o silêncio, para logo em seguida lembrar que estava ali justamente para não fazê-lo. Na ausência do que dizer, passei a me distrair com os ruídos do lado de fora, enquanto você estudava declinações verbais, tranquila sob os cobertores. E à medida que a madeira sob as peles do *chum* rangia, sacudida pelo vento, aquele tênue arranjo ganhava sentido. Não havia outro lugar para estar, e isso se fazia óbvio à medida que o frio aumentava.

E enquanto o sono se insinuava, reclamando o corpo exausto pelo frio e pela viagem, o silêncio antes desconfortável foi se tornando acolhedor, como se a tensão de nossas posições distintas e solitárias no mundo entrasse em trégua. Uma última vez antes de adormecer, olhei para você ainda perplexo, sem saber o que fazer com aquela proximidade improvável. Mas você apenas sorriu, erguendo o corpo para soprar a vela que iluminava a tenda e decretar que o dia findava.

Na manhã seguinte, alcançamos uma manada de renas livres e aguardamos por longas horas enquanto os membros jovens do clã partiam planície adentro com os cães para incorporá-las ao rebanho. Comemos o almoço em companhia das mulheres, que com a súbita quebra de hierarquia pareciam arriscar mais olhares em nossa direção, sem que isso fosse suficiente para iniciar uma conversa. E quando os homens voltaram aos gritos de *awak!* ("sucesso!"), você foi a primeira a assumir seu posto na fileira para retomarmos a marcha.

Para compensar o tempo perdido, viajamos até mais tarde, e no fim do dia a exaustão se impunha. Ao penetrar no interior do *chum* recém-montado, sentindo a brusca diferença térmica, encontrei você já sob as cobertas, ao mesmo modo do dia anterior. Ao me ver, levantando brevemente os olhos do livro que folheava, você sorriu com um ar inquisitivo e disse "*yuj?*". Por um momento aquilo me pareceu confuso, mas com algum esforço lembrei que aquela era a palavra em Skali para "lenha". Abalado pelo cansaço, eu me esquecera de apanhar a madeira antes de entrar, e saí às pressas para buscá-la antes que a noite caísse.

Do lado de fora, os últimos entre os Skali já haviam se recolhido. O vento diminuíra, mas a calmaria prenunciava uma piora do clima, e as nuvens se acumulavam densas ao longe. Sem perder tempo, fui em direção ao depósito de lenha. E ali sozinho, já fora do perímetro das tendas, tive a dimensão do vazio que nos cercava, da estepe a se estender para todos os lados sem marco que oferecesse direção. Exceto por um tênue azul que ainda brilhava no céu, insuficiente para prevenir a noite, mas evocando ainda a posição do oeste e de um mundo que se distanciava dentro de mim.

Não havia tempo para nostalgia, porém, e depois de apanhar madeira suficiente, retornei sem hesitação ao *chum*. Lá dentro, você havia saído de seu posto sob as cobertas e me aguardava junto ao fogareiro. Deixando a lenha no chão, disse a você que retornasse à cama ("*kür*") enquanto eu fazia o fogo. Mas você ficou ao meu lado enquanto eu assoprava a brasa no recipiente de metal para aumentar a chama. Depois de algum tempo, segurou meu braço de leve e disse que estava bom, que eu não precisava me preocupar ("*kuyut*"). Vendo que você me olhava, e sem saber o que dizer, até por conta de minhas limitações no idioma, tudo o que me ocorreu foi "*traltak*". Obrigado.

E sem outra intenção além de agradecer por tudo aquilo segurei sua mão, feita pequena entre as mangas do casaco. Ao perceber o calor que irradiava do seu corpo abrigado, porém, me deixei ficar ali, quase sem perceber o que fazia, alternando meu olhar entre você e o fogo. Ao me dar conta do que começava a acontecer, temi que aquilo pudesse destruir a harmonia que havia se instituído entre nós e ainda tentei recuar. Mas quando comecei a me afastar, você segurou meu braço e escorregou sua mão novamente até a minha, para logo deslizá-la sob a manga do meu casaco e me segurar pelo pulso.

Ao sentir seu calor se infiltrar sob a roupa, àquela altura minha segunda pele, fui inundado pela sensação de não ser mais do que tato e temperatura, concentrados no pedaço de corpo em que você encostava. Recordando não sei bem por quê a visão do lado de fora, da planície e de um azul que se apagava, segurei também o seu braço. E logo os dois pontos de contato foram insuficientes e transformaram-se num abraço, em que às pressas tentávamos nos encontrar sob as grossas camadas de roupa.

Por um último momento ainda olhei para você, receoso de estar atravessando um limite delicado, e fiz menção de dizer algo. Mas como se percebesse a minha intenção, você tocou de leve o indicador em meus lábios, lembrando-me de que já não havia palavras, demarcações ou fronteiras naquela latitude. Apenas a planície. Em poucos segundos sua roupa estava jogada sobre as peles de rena, e dali em diante me lembro do calor, de me sentir pequeno, de deixar a vastidão da estepe para trás e ser tragado para dentro de um silêncio maior.

Na manhã seguinte, despertei com o dia já claro. Ao meu lado, você ainda dormia sob os cobertores. Por um instante, me assustei por não ter ouvido o toque dos tambores de pele de rena. Pensei que tivéssemos sido deixados para trás, que os Skali já andavam à nossa frente e que estávamos perdidos para sempre em meio à tundra. Mas ao abrir a barraca às pressas, fui coberto por uma rajada de neve. E não vendo nada do lado de fora além de uma imensidão branca e indistinta, compreendi o que se passava. Não havia condições para desfazer o acampamento, e nos restava aguardar no *chum* até que o tempo melhorasse.

Entre o desapontamento pela hostilidade do clima e o alívio de não ter sido abandonado, voltei pé ante pé à pilha de peles que nos servia de cama, na tentativa de não acordá-la. Mas você logo abriu as pálpebras, e seu olhar ao ver meu rosto, com os pedaços de gelo colados à barba, naturalmente deu lugar ao gesto de abrir espaço sob o cobertor. Como se você já soubesse que não tínhamos como ir a lugar algum. Como se de alguma forma você houvesse sabido disso desde o princípio.

Aquele seria apenas o primeiro de muitos dias em que estivemos impedidos de sair. Com o frio que se torna mais rigoroso, é cada vez mais comum que passemos vários dias presos a um mesmo local, com o horizonte encoberto pela névoa. Nas manhãs sem marcha, o trabalho não cessa, pois é necessário alimentar as renas e protegê-las das tempestades. A sobriedade dos Skali durante as refeições na tenda central é até maior nestes dias do que nos de caminhada. Como se fosse necessário impedir que a imobilidade leve a um relaxamento do espírito, o que se mostraria fatal no momento de retomar o passo.

Tais pausas forçadas fazem com que passemos cada vez mais tempo no *chum*. Tenho me adaptado devagar a essa rotina, aprendendo a dormir em pequenos lapsos durante o dia, o que parece ser natural para você. Nos momentos em que nossos corpos se afastam, nos ocupamos em conjugar verbos, revisar as quatro declinações simples e descobrir pérolas de concisão no vocabulário Skali (*arküli*, quebrar o gelo e fisgar o peixe; *treëut*, ir atrás das renas que escapam; *ungat*, permanecer juntos para que passe o frio). Quando sinto que não devo falar, escrevo. Você também permanece em silêncio na maior parte do tempo — seja para me fazer companhia, seja por estarmos com as bocas ocupadas com o corpo um do outro.

Por vezes sinto necessidade de sair, nos raros momentos em que o clima o permite. Quando você me acompanha, geralmente se ocupa em fazer esculturas com a neve, enquanto eu contemplo as nuvens ao longe. Ao nosso redor, os Skali trabalham silenciosos. Nos distraímos apontando na planície o pouco que há para observar — um capão de pinheiros, uma rocha maior, uma revoada de pássaros — e procurando nos dicionários os termos correspondentes. Sua destreza em encontrá-los é enorme, a ponto de me fazer suspeitar que você finge ignorá-los apenas para se manter no meu nível. Para o que não encontramos tradução, inventamos palavras com as mesmas raízes, tomando cuidado em manter o princípio da economia (*klip*, abraço; *huf*, saudade; *yüm*, uma vontade irresistível de sair do frio e voltar às cobertas).

E às vezes quando saio você prefere ficar na barraca, e isso está bem também. Nessas horas, como se tivesse de fazê-lo às escondidas, ensaio uma ou outra palavra em inglês para testar a glote e monitorar o progresso da doença. Se a garganta o permite, também aproveito para praticar minha pronúncia ainda truncada das consoantes dos Skali. Na maior parte dos dias, porém, apenas escrevo, mais para passar o tempo do que por ter muito a dizer. Mas logo algo me impele de volta à tenda, e ali encontro você num silêncio quase sempre maior do que o meu. "*Yüldur*", você diz, apague as velas.

O inverno piora. Cada vez é mais difícil sair, mesmo para os Skali, que se dividem em turnos para alimentar as renas sem arriscarem-se à hipotermia. E apesar de nossa disposição para ajudar no serviço, sinto que eles começam a nos poupar do trabalho mais pesado, embora não o confessem.

A glote está bem, talvez até melhor do que antes da viagem, mas sinto pouca necessidade de falar. Por outro lado, minhas articulações têm me incomodado com frequência, como se o frio piorasse os sintomas de artrite antes incipientes. As tempestades no horizonte têm se tornado mais intensas e belas, e por vezes sou tentado a usar minha língua natal para descrevê-las. Mas desperdiçar palavras, mesmo por escrito, começa a parecer desnecessário. Então tento imitar você e me limito a olhar, e a intensidade de não dizer nada é maior do que a de falar ou escrever. E nessas horas de não saber o que dizer — que são quase todas, pois é impossível compreender a estepe — quase sempre estamos juntos olhando o horizonte. E ali ficamos até que o frio se mostre mais forte e não haja outro caminho senão o que leva de volta à tenda.

Nos raros dias em que o sol irrompe em meio à tempestade, conseguimos retomar a marcha por algumas horas, gerando rebuliço entre os Skali, que se apressam em aprontar os trenós para partir. Nessas horas, já não estranho a agitação do trabalho. Apenas dirijo-

-me aos animais, murmuro em seus ouvidos (*"bolür!"*, vamos) e a partir daí, mesmo com as dores nos joelhos, acompanhar o fluxo é apenas natural. Uma parte tão inevitável da vida quanto respirar. E mesmo quando você passa ao meu lado na marcha, apenas sorrimos e seguimos caminhando, sem interromper o passo. Há muito por fazer, muita distância a trilhar.

Um ruído me desperta na madrugada, como um grito fantasmagórico em meio ao vento. Ao meu lado, você dorme tranquila, sem roupa e um pouco suada sob os cobertores. Sem sono, eu me levanto, coloco o casaco e me dirijo à entrada da tenda. Quando paro em frente a ela, percebo que os ruídos desapareceram junto com os restos do sonho de instantes atrás, em que lobos perseguiam as renas floresta adentro e você não estava comigo.

Então me viro de volta e observo o seu sono, sempre mais profundo e imóvel do que o meu. Permaneço ali por um longo tempo, estranhando a perspectiva de vê-la de longe. Talvez por ser observada, você pouco a pouco desperta, abre um olho, depois o outro. Olha para mim com um sorriso, sem que eu entenda por quê. E então fala, numa voz lenta e ainda encharcada de sono:

"*Brel*" ("Luz").

"*Tritlir, tritlir*" ("Dorme"), eu respondo.

"*Brel. Ewar*" ("Luz. Vamos sair").

Com um entusiasmo que eu demoro a compreender, você levanta da cama às pressas, calça as botas e coloca o casaco ao redor do corpo nu. Precipitando-se na minha direção, pega a minha mão e me leva até a entrada da tenda. E quando saímos, sentindo o frio cortante, de fato a luz está no horizonte, sobre nós, em todos os lugares.

Sob os arcos verdes da aurora boreal, você abre os braços e olha o céu. E ainda que não diga nada, o movimento traduz o deslumbre do seu silêncio. Sabemos que o momento não pode durar, que logo teremos de voltar para a barraca sob pena de não sobrevivermos. Mas por um instante estamos no centro de tudo, no espaço e no tempo. De pé, ao lado da tenda, seus braços erguidos contra a luz irreal são a última referência que resta na escuridão da planície.

Apesar das tempestades de neve, já acumulamos três dias seguidos de marcha. O líder do clã teme que a pastagem congele além do alcance das renas se pararmos por mais tempo, o que nos colocaria sob risco de inanição. E ainda que seja impossível não lhe dar razão, a fome por vezes não parece um mau destino comparada ao esgotamento que se apodera do meu corpo.

De certa forma, sinto que o frio começa a cobrar sua dívida. O preço enorme a ser pago pelo privilégio de estar em silêncio. Ainda sou capaz de acompanhar a marcha, mas a artrite piora a cada dia, e caminhar me custa cada vez mais. Quando montamos acampamento, você é rápida em me trazer para dentro, aquecer a água e cobrir meus joelhos com compressas quentes. Seu rosto nessas horas não transparece susto nem pena. Apenas a convicção tranquila de estar fazendo a única coisa possível, o que talvez se possa chamar de amor.

Com a piora da artrite, as palavras, que já me eram letais quando faladas, começam a me faltar também enquanto escritas. Meus dedos já não se fecham por completo, e minha destreza se perde com o enrijecimento que começa a se apoderar das articulações. Defrontado com a hipótese de ter de parar de escrever, penso sem muito interesse nas opções que me restarão para comunicar conceitos complexos, se eles se fizerem necessários. Mas essa necessidade parece cada vez mais improvável. Porque sei que quando eu estiver calado você estará por perto, e saberá o que dizer, mesmo sem precisar fazê-lo.

E enquanto o sol se põe atrás da massa cinza, que em breve se tornará uma nova tempestade de neve, eu contemplo a extensão da planície. Dentre as poucas palavras do vocabulário Skali, não há nenhuma que sirva para descrever seu território. Ele está em toda parte, e não é necessário referi-lo; basta aceitar sua existência, pois não há nada além. Olho para os Skali, que terminam de preparar o acampamento ao nosso redor, alheios à nossa presença. Vejo o fogo que bruxuleia em nossa tenda, a tênue segurança desse arranjo provisório em meio à estepe intransponível. E sinto que me aproximo de uma espécie de compreensão, mesmo que insuficiente, do sentido desse vertiginoso mergulho em direção ao silêncio.

E enquanto olho as letras cada vez mais deformadas e hesitantes que se acumulam sobre o papel, sei que elas não são capazes de expressar nada disso. Como minha voz, presa entre meu sotaque rudimentar e o inglês que começo a esquecer, tampouco seria. Por mais que ambas se esvaiam, porém, sei que guardarei comigo as poucas palavras de que ainda preciso, num vocabulário ainda menor do que o dos Skali. Mas que será suficiente para dar conta do pouco que sei.

À noite, o chefe do clã visita nossa tenda. Inesperadamente, ele faz sinal com a cabeça para que saiamos com ele e o acompanhemos até a borda do acampamento. Ele senta ao nosso lado. Pouco tempo depois, leva você até um canto reservado, para que possam falar sem que eu os escute. Ele aponta para nossa tenda, para o centro do acampamento, e eu entendo o que ele quer dizer. Não haverá marcha amanhã. Ou ao menos não para mim. Os Skali chamam isso de *yurfit*. Compaixão.

Pouco depois, ele retorna até mim e toca sua mão parruda em minha testa. Em seguida se retira, em silêncio, deixando-nos sozinhos em meio à neve. Penso em retornar à tenda, mas de alguma forma compreendo que esse tempo passou, que o que me resta é o frio. Então me deixo repousar lentamente no seu colo, com o bloco de notas em mãos, e o olhar fixo no sorriso que me embala tranquilo, sem nada mais que tenha nome ao redor.

O vento sopra forte. Minha mão titubeia, depois escreve algumas poucas palavras trôpegas. Por seu sorriso, eu percebo que você ainda é capaz de reconhecê-las. E isso basta.

Ar. Planície. Neve. Inverno. Pele. Calor. Rena. Luz. Leite. Tundra. Chão. Fogo. Tenda. Lenha. Norte. Dor. Alívio. Frio. Corpo. Espaço. Neve. Frio. Pão. Silêncio. Corpo. Frio. Neve. Neve.
Frio. Calor. Corpo. Silêncio.
Neve. Neve. Neve.
Fim.
Estepe.

Você.

Rio de Janeiro / Porto Alegre / Governador Celso Ramos, 2010-2017

Créditos

O fragmento inicial do livro participou do projeto "Na Tábua", de Paulo Scott e Fábio Zimbres.

"Uok phlau" foi publicado em alemão na antologia *Wir Sind Bereit: Junge Prosa aus Brasilien* (Verlag Léttretage, 2013), e em português na *Revista Vox*, ano 3, nº 6.

"Travessia" foi publicado na *Revista Pessoa* em dezembro de 2016.

"Mixtape" contém fragmentos de Michel Foucault, "Brasileirinhas Teste Anal", Roland Barthes, Jorge Luis Borges, Fred Coelho/ Mauro Gaspar, "Do you like it in the butt? — Monica Santhiago" e Julio Cortázar.

"Uok phlau", "Quarto à beira d'água" e "Icebergs" foram vencedores do Concurso Nacional de Contos Josué Guimarães de 2013.

"O ano em que nos tornamos ciborgues" foi publicado na antologia *Desordem* (Bookstorming, 2014).

"Esquecendo Valdès" foi concebido durante a turnê de lançamento de *Wir Sind Bereit* em 2013, promovida pela editora Léttretage com o apoio da Fundação Biblioteca Nacional.

O autor agradece a Adriano Tort, Ney Amaral, Paula Trusz, Rafael Bán Jacobsen, Vera Pezerico e especialmente a Iuli Gerbase pelas críticas ao manuscrito, e à Universidade Federal do Rio de Janeiro pelo apoio e estímulo ao longo dos últimos sete anos.

ESTA OBRA FOI COMPOSTA PELA ABREU'S SYSTEM EM ADOBE GARAMOND
E IMPRESSA EM OFSETE PELA RR DONNELLEY SOBRE PAPEL PÓLEN BOLD DA
SUZANO PAPEL E CELULOSE PARA A EDITORA SCHWARCZ EM ABRIL DE 2017

A marca FSC® é a garantia de que a madeira utilizada na fabricação do papel deste livro provém de florestas que foram gerenciadas de maneira ambientalmente correta, socialmente justa e economicamente viável, além de outras fontes de origem controlada.